미래
소녀
예나

청소년 장편소설

미래 소녀 예나

글 박미윤

한그루

작가의 말

    나는 이 소설을 코로나 팬데믹 때 구상했다. 미래에서 누군가 타임슬립해서 코로나 바이러스가 퍼지기 전에 막았으면 어땠을까 하는 엉뚱한 상상에서 비롯됐다. 그런데 상상 속 그 미래인은 바이러스에 해박한 지식을 가진 전문가가 아니라 소녀였다. 나는 피식 웃음이 나왔다. 어쩌자고 너니? 네가 무얼 할 수 있다고? 도리질을 쳐 봐도 소녀 아닌 다른 인물이 그려지지 않았다. 예나와 나는 그렇게 만났다.

    코로나 팬데믹이 아주 오래된 일처럼 느껴진다. 올해에 코로나가 다시 유행하고 있다는 뉴스가 떴지만, 나를 비롯한 주변 사람들은 독감보다도 못한 것으로 치부했다. 코로나 팬데믹 당시 우리는 그때까지 경험해보지 못한 세상을 겪으며 고통받았는데 시간이 지나면서 쉽게 잊었고 그 당시 빼앗겨서 소중하게 생각했던 일상들을 다시 당연하게 영유하고 있다.

과학자들은 5년 이내에 다시 치명적인 바이러스 창궐을 예상한다고 한다. 두려움에 떠는 나에게 예나는 나무만 보지 말고 숲을 보자며 내 손을 잡았다. 우리 같이 지구 환경과 기후 위기를 얘기해요. 이 말을 할 때의 예나 표정은 어둡지 않았다. 청소년 여러분들도 예나의 다른 쪽 손을 기꺼이 잡아주었으면 한다.

차례

미래
소녀
예나

AI 엄마

2051년 그레이스 호

엄마의 기일과 자신의 생일이 같은 사람이 흔한 것은 아니다. 그런 사람이 그레이스 호에서 오로지 나 혼자라는 것이 그 증거다. 그렇다고 슬프거나 우울하지는 않았다. 일 년에 한 번 엄마를 만날 수 있기 때문이다. 바로 오늘이 엄마를 만나는 날이다.

이불을 박차고 일어나 돈을 챙겼다. 꽃을 사려면 제일 먼저 밥 아저씨 온실로 가야 한다. 엄마에게 오늘 제일 예쁘고 싱싱한 꽃을 드리고 싶다.

밥 아저씨는 온실에서 꽃을 자르고 있었다. 그레이스 호는 에너지 절감을 위해 생산성과 필요 없는 많은 부분을 포기했지만, 꽃집은 살아남았다. 생존자들 투표에서 누군가에게 꽃을 선물하는 의미까지 포기해버린다면 인류가 살아남아야 할 이유가 없다는 찬성표가 더 많았다고 역사 시간에 배웠다.

"밥 아저씨, 오늘이 무슨 날인지 아시죠? 빨간 장미 다섯 송이 주세요."

"오십 달콩이다."

무뚝뚝한 밥 아저씨는 할인해주는 법이 없다.

"오늘이 제 생일인 거 아시잖아요, 생일선물인 셈 치고 좀 깎아주면 어디가 덧나요?"

"그렇긴 한데 이건 네 엄마한테 드릴 거잖니?"

"나 참, 답답하긴요, 해마다 똑같은 말씀을 드리잖아요. 오늘은 제 생일이면서 엄마의 기일이니까 아저씨는 내 생일 축하해주는 셈으로 좀 깎아주고 난 엄마한테 예쁜 꽃을 드리고 일성이조잖아요."

"일석이조겠지. 한 개의 돌로 두 마리 새를 잡는다."

박학다식한 밥 아저씨의 환심을 사려면 이렇게 잘 모르는 척하면 된다. 모자란 내 지식을 바로잡아줄 때 밥 아저씨는 얼굴 근육을 풀고 웃는다. 그러면 내 목적의 반은 이루어진 거나 마찬가지였다.

"용돈을 모았지만 40달콩밖에 모으지 못했단 말이에요. 못

깎아준다면 10달콩은 외상이에요."

"해마다 너도 변함없구나. 왜 항상 돈이 모자라서 외상일까?"

밥 아저씨가 장미 다섯 송이를 종이에 싸면서 손을 내밀었다. 나는 밥 아저씨 손 위에 달랑 40달콩을 떨어뜨리고 온실을 나오면서 외쳤다.

"10달콩은 깎아준 거예요. 외상 아니에요."

나는 주머니 속에 있는 10달콩을 손가락으로 더듬으며 히죽 웃었다. 밥 아저씨는 매해 똑같이 당하고서도 나를 이기지 못한다.

장미를 사고 방으로 돌아왔을 때 아빠는 벌써 추모 방으로 갈 준비를 다 마치고 있었다.

"예나야, 생일 축하한다."

아빠는 나에게 책과 스웨터 꾸러미를 안겼다. 책을 보자마자 머리가 지끈거렸다. 이번엔 털실로 짠 스웨터가 덤이니 해마다 책을 선물로 주는 아빠의 무개념을 용서하기로 했다.

"예나야, 스웨터는 엄마 선물이다. 성인이 된 기념으로 꼭 네 열일곱 살 생일 때 주라고 당부하더구나. 많이 아프니까 쉬라고 했는데도 네 엄마는 아빠 거와 네 스웨터를 하나씩 짜서 선물로 남겼단다."

아빠는 '아빠 거'를 말하면서 아빠가 입고 있는 스웨터를 가리켰다. 내 스웨터를 입어보았다. 스웨터는 맞춤한 것처럼 내 몸에 딱 맞았다. 엄마는 미래의 내 치수를 어떻게 정확히 알았을까. 스웨터의 단추를 여미고 손을 넣을 수 있는 주머니에 양손을 넣으니 따뜻했다. 엄마처럼.

아빠는 엄마가 짜준 스웨터를 평상복으로 자주 입었고 오늘도 사령관 제복 대신 엄마가 손뜨개질한 스웨터를 입었다. 나는 오늘 처음 스웨터를 입었지만, 아빠는 엄마 기일 때면 항상 그 옷을 입었다. 아빠는 그 옷을 가장 아꼈기 때문에 다른 옷들처럼 세탁조합에 맡기지 않고 직접 세탁을 했다.

"치, 이 스웨터 미리 줘도 됐잖아요."

"그건 안 되지. 엄마와의 약속이니까 아빠는 네가 성년이 되는 오늘까지 기다렸단다."

"그렇긴 하네요. 엄마가 성년을 맞은 나에게 특별한 선물로 주고 싶어 했으니까. 그래서 이 선물이 더 기뻐요. 자, 백도경 사령관님, 가시죠."

추모 방은 아빠와 내가 들어가면 거의 공간이 가득 찼다. 한 면에 컴퓨터가 있고 컴퓨터 앞에는 개인용 포디 헬멧이 장

착돼 있다. 추모 방은 일 년에 한 번만 이용할 수 있었고 아빠와 나는 엄마의 기일에 그 권리를 썼다. 아빠가 컴퓨터의 스위치를 누르자 AI 엄마가 실물 크기로 나타났다. 나는 엄마를 안았다. 다른 사람의 눈에 나는 VR 헬멧을 쓴 채 허공을 안고 있는 모습으로 보일 것이다.

콧구멍을 벙긋거렸다. 은근한 꽃향기 같은 엄마 내음이 났다. 갓 구워낸 부드러운 빵처럼 엄마의 말랑한 촉감을 느꼈다. 물론 안다. 이건 현실이 아니고 AI가 만들어낸 허상이라는 것을. 내가 맡는 엄마 내음은 세탁조합에서 쓰는 섬유유연제 향기였고 내가 느끼는 엄마의 촉감은 AI가 수집한 데이터의 조합이라는 것을. 그런 걸 알지만 매일 엄마를 만나고 싶다. 그러나 그레이스 호에서 에너지 절감은 그레이스 호의 생존과 맞물리기 때문에 기일에만 엄마를 만날 수 있다는 것이 아쉬웠다.

"엄마, 나 왔어. 스웨터 고마워요. 이 꽃은 내 선물."

"우리 예나, 일 년 사이에 어른이 됐네. 생일 축하한다."

엄마 목소리를 듣자 가슴이 싸해지면서 눈물이 고였다. 엄마의 목소리는 진짜가 아니다. 데이터로 최적화된 엄마 목소리가 상황에 맞게 재현되는 것이다. 그래도 들을 때마다 진짜 엄마가 말하는 것 같다.

인류 멸망 전 어떤 엄마는 자신이 죽으면 딸의 성장 모습을 볼 수 없을 것이라 매해 딸의 생일마다 축하 인사를 할 수 있도록 자신의 목소리를 녹음했다고 한다. 내가 철이 없던 시절에 엄마를 보러 가자고 조를 때마다 아빠가 해준 말이다. 나는 아빠 얘기 속 딸보다 행복한 셈이다. 엄마를 볼 수도 있고 직접 대화를 할 수도 있으니 말이다. AI 엄마는 점점 나이를 먹는다. 인공지능은 엄마의 나이에 맞춰 업그레이드되기 때문이다. 이제 AI 엄마는 흰머리가 보이고 목에는 한두 개 주름이 잡히기 시작했다.

"여보, 예나가 과학 과목에서 낙제했어."

아빠가 엄마에게 고자질했다. 나는 엄마의 손을 잡고 놓지 않는 아빠를 한껏 째려보았다.

"아빠! 그런 얘기를 하면 어떡해! 이번엔 외울 게 많았단 말이야. 원소는 왜 그렇게 많은 거야? 원소주기율표만 보면 울렁거려서 토 나오는 줄 알았어. 하여튼 난 외우는 건 절대 못하겠어."

"오, 이런. 나를 닮아서 그런가 보네요."

엄마가 웃었다.

"봐요, 엄마 닮아서 그런 건데."

"하하, 우리 딸 순진하게 곧이곧대로 알아듣는가 보오. 예나야, 엄마 말은 그런 뜻이 아니야. 엄마는 과학에 낙제 같은 건 절대 할 수 없어. 엄마가 과학자였는데 그럴 리가 없지. 엄마는 하나에 꽂히면 다른 것을 곧잘 잊어먹곤 했거든. 그런 뜻으로 한 말이지. 그런데 예나, 너는 꽂힌 것도 없잖아. 관심사가 너무 많아서 하나에 집중할 수가 없는 거잖니?"

나는 아빠의 반격에 얼굴이 시뻘게졌지만, 아니라고 할 수가 없었다. 저번 달만 해도 오목 두기에 빠졌다가, 그릇 만들기로 넘어갔고, 빵 만들기에도 도전했던 터였다.

"저도 하나에 빠져 있을 땐 몰아지견이거든요."

아차, 남을 가르치기 좋아하는 밥 아저씨에게 써먹던 수법을 나도 모르게 뱉어버리고 말았다. 아빠는 내가 일부러 잘못 구사한 고사성어인 줄 모르고 나의 얕은 지식의 증거라 여길 것이다.

"무아지경이겠지."

나는 아빠가 얄미워서 아빠 허리를 꼬집었다.

"아야, 여보, 예나가 나를 꼬집네."

"호호, 예나야, 아빠 좀 봐주면 안 되겠니?"

딩동 소리가 들렸다. 벌써 엄마와 헤어질 시간이 됐다.

"엄마, 내년에 다시 올게요."

"예나야, 꽃 참 예쁘다. 우리 예나가 더 예쁘지만. 사랑한다, 예나야."

나는 눈물을 보이지 않으려고 먼저 추모 방을 뛰쳐 나왔다.

갑판으로 올라갔다. 마음이 답답할 때면 내가 찾는 곳이었
다. 갑판에서 볼 수 있는 것은 언제나 바다뿐이었다. 2026년
에 창궐한 바이러스 이름은 사일런스였다. 바이러스로 인류
대부분이 사라지고 살아남은 사람들이 바다에서 생활을 시작
한 이후로 바다는 언제나 그레이스 호의 배경이었다. 숙주가
없어지면 바이러스는 힘을 쓰지 못하기 때문에 그레이스 호에
서는 몇 년에 한 번씩 육지로 선발대를 보내 계속 육지에서 살
아갈 방법을 찾았다. 선발대가 육지 상륙을 했지만 사일런스
바이러스 변종은 선발대를 모두 감염시키고 영원히 잠재웠다.
대신 자연이 그동안 인류가 쌓아놓은 문명을 먹어치우고 있었
다. 자연이 문명을 먹는다는 게 이해가 되지 않아 아빠에게 물
어본 적이 있었다.

"예나야, 아빠가 직접 본 건데 말이다. 아빠네 할머니가 돌
아가신 후 시골에 있는 그 집은 아무도 살지 않는 빈집이 되었
단다. 워낙 시골이라 아무도 사겠다는 사람도 없었고 부모님
도 거기 들어가서 살 이유가 없어서 집은 그 자리에 혼자 남겨
졌지. 몇 년 후에 아빠가 그 집에 가봤거든. 분명 할머니 집이

있던 곳이 맞는데 집이 사라졌어. 집을 둘러쌌던 담장이 어렴풋하게 덩굴로 싸여 있어서 그 흔적이라도 남아있는데 집터였던 곳은 무성한 풀과 나무들이 이미 점령해 있더구나. 자연이 할머니 집을 먹어치운 거였어."

그때 나는 아빠의 말을 듣고 학교에서 화상으로 봤던 빌딩들, 차들, 도로들, 공장들이 나무와 풀로 뒤덮이는 모습을 상상할 수 있었다.

돌돌이가 배 주위를 헤엄치고 있었다. 바다는 햇살을 받아 수면이 반짝였고 가끔 무리 지어 이동하는 물고기 떼의 푸른 등이 얼비치곤 했다. 장난꾸러기 돌돌이는 우리 배를 따라다니는 돌고래였다. 내가 이름을 붙였다.

"돌돌아, 오랜만이야, 너 어디 갔었어?"

돌돌이는 인사라도 한다는 듯이 위로 솟구쳐 올랐다가 다시 바다로 뛰어들었다.

"나, 오늘 엄마 만났어. 돌돌아, 넌 엄마가 있어?"

돌돌이가 마치 내 말을 알아들은 듯 빙글빙글 헤엄치면서 원을 그렸다. 그 사인이 동그라미표, 즉 예스라고 대답하는 것 같았다.

바람 속에는 항상 바다 냄새가 났다. 육지의 냄새가 어떤

것인지 알 수 없지만, 바다와는 다른 냄새가 날 거라고 상상
했다. 밥 아저씨의 꽃집을 들어설 때 맡는 여러 가지 꽃향기
라든가, 식물원 조합에서 가꾸는 나무들의 냄새, 채소 조합에
서 키우는 채소들의 싱그러움이 내가 상상할 수 있는 육지 냄
새의 전부였다. 어쨌든 육지는 바이러스가 점령했고 자연에
게 먹혔기 때문에 육지에 내가 발을 디딜 일은 없을 것이다.
영원히.

아빠의 비밀

내 방 책상 위에는 빨간 글씨로 '유전자 비교 과제, 에너지 절감 방법 연구과제, 채소 조합에서 가꾼 채소의 생육일지, 이번 주까지 꼭 제출'이라고 쓴 종이가 붙어 있다. 이것들을 주어진 날짜까지 제출하지 않으면 낙제다. 과학 낙제에 이어 작문도 낙제했기 때문에 유급되지 않으려면 과제를 꼭 해야만 한다. 한 학년을 유급해서 동생들이랑 수업을 받을 수는 없다. 내 자존심이 그건 허락하지 않는다.

선생님이 나눠준 쥐며느리의 발을 유전자 분석기에 넣었다. 학생들의 학습을 위해서 장렬히 자신의 한 부분을 내준 쥐며느리를 생각하며 나는 잠시 눈을 감았다. 쥐며느리와 내 유전자를 비교하고 리포트를 포털에 입력했다.

과제를 마친 나는 아빠에게 용돈을 뜯어내기 위해서 대청소를 하기로 마음먹었다. 마스크를 쓰고 먼지를 탁탁 털어냈다. 그레이스 호에서 에너지 절감은 항상 강조돼 오는 것이다. 생존과 교육을 제외한 모든 것은 사람의 육체노동으로 채워지고 있었다. 그래서 청소기를 사용하지 못하고 쓸고 닦는 것을 다 자기 손으로 해야 했다.

아빠 방은 말끔히 정리돼 있었다.

"이거 뭐야, 대청소는 언제나 내 방뿐이야."

책장 위에도 먼지 하나 없었다. 아빠는 자신의 정신 건강을 위해 쓰레기통 같은 내 방은 차마 들여다보지 못했다. 으이그, 너무너무 깔끔한 아빠. 머리카락 하나라도 떨어진 게 보이면 테이프로 붙여 버린다. 땀을 닦는 가제 손수건과 나이가 들면서 이에 자꾸 뭐가 낀다고 칫솔을 항상 휴대하고 다녔다.

아빠 방을 청소했다는 티를 내기 위해서 나는 깨끗한 아빠 방을 걸레로 닦았다. 아빠의 머리빗에 몇 가닥 머리카락이 보였다. 완벽한 아빠의 허술한 면을 본 것 같아 회심의 미소를 지었다. 그러다 어떤 아이디어가 반짝하고 떠올랐다. 유전자 분석기는 내일 선생님께 돌려줘야 한다. 그 전에 아빠와 나의 유전자 비교를 해보자는 생각이었다. 착한 딸이 아빠 판박이라는 걸 유전자 비교분석표로 보여주고 아빠를 웃겨주고 싶었다. 아빠도 엄마 기일 즈음이면 내내 우울한 표정으로 지냈기 때문이다. 청소를 때려치우고 아빠 머리카락을 유전자 분석기에 담았다.

같은 혈육 사이에서는 유전자가 99.9퍼센트 닮기 마련이었다. 나는 두 개의 비교분석표를 보고 머리를 갸웃거렸다. 같은 혈육일 확률이 없었다. 비교분석표가 말해주는 것은 아빠와 내가 남이라는 사실이었다. 누군가 망치로 내 머리를 한 대 쾅 하고 치는 것 같았다.

'뭐가 잘못된 걸 거야.'

나는 다시 분석기를 돌렸지만, 결과는 마찬가지였다.

"고장 났을 수도 있지."

나는 그렇게 중얼거리면서도 쏘냐를 찾아갔다. 모범생인 쏘냐는 유전자 과제를 미리 제출한 상태였고 유전자 분석기도 이미 반납했다.

"쏘냐, 너 머리카락 줘 봐. 분석기 반납하기 전에 네 유전자와 내 유전자 비교해 보게."

"무슨 소리 하는 거야?"

"그냥 우리가 확실히 남인지 알아보려고."

"너, 그게 무슨 뜻인지 아는 거야? 뭐야, 너랑 나랑 친자매인지 확인하겠다는 의미야?"

"농담을 그렇게 받아들이는 거냐, 갑자기 학구열이 뻗쳐서 그런다. 사실 너는 그런 거 안 해봤잖아. 너도 궁금하지 않아?"

쏘냐가 웃으며 자기 머리카락 하나를 뽑았다. 내 머리카락과 쏘냐의 머리카락에서 나온 유전자를 비교한 것이 좀 전에 아빠와 내 유전자를 비교한 것과 비슷한 수치로 나왔다. 쏘냐와 나는 자매가 아니라 친구임이 밝혀졌다.

"쏘냐, 네 엄마와 네 유전자도 비교해 보자."

쏘냐는 곧 자기 엄마의 머리빗에서 머리카락을 갖고 나왔다.

쏘냐와 쏘냐 엄마의 유전자 비교 결과는 99.9퍼센트가 일치했다. 그 수치를 보고 나자 내 확신이 맞았다는 게 서글펐다. 그건 나와 아빠가 혈육이 아니라는 뜻이었다.

"예나야, 너도 아빠 거랑 해봤어?"

"아니, 나 이제 가야겠다. 대청소하다 나왔거든."

나는 일부러 방방 뛰었다.

"알았어. 예나 네가 청소도 다 하고. 아! 오늘이 네 엄마 기일이구나. 예나, 너 작년에도 대청소한다고 유난 떨었잖아."

쏘냐네 방을 나오자 온몸에 힘이 빠졌다. 그레이스 호에도 입양된 아이들이 여럿이었다. 입양되었더라도 아빠인 것은 맞지만 친아빠가 아니라는 사실이 나에게는 어떤 경계선처럼 느껴졌다. 다시는 이 사실을 알기 전으로 돌아갈 수 없는 경계선.

나는 아빠가 돌아오자 아빠 얼굴을 유심히 보았다. 내 눈은 크고 쌍꺼풀이 있지만 아빠 눈은 가늘고 눈두덩이 두꺼웠다. 아빠와 나는 닮은 부분이 하나도 없었다. 아빠는 내 어두운 얼굴을 눈치채지 못하고 청소했다는 것만 칭찬했다. 아빠는 작년에도 똑같은 말을 했다.

'친아빠가 아니라서 과장되게 말하는 건지도 몰라. 청소를 아주 가끔 하는데 착하다니 말이야.'

작년에는 해보지 않은 생각이었다.

"아빠, 나도 이제 다 컸잖아. 가족끼리는 비밀이 없어야 한다고 생각해."

내 말에 아빠 눈썹이 꿈틀했다. 뭔가 곤란한 일이 생겼을 때의 아빠 버릇이다.

"무슨 말이니?"

"내가 아빠 친딸이 아니라는 거 알아. 나는 입양된 거야?"

아빠는 난처한 얼굴로 소파에 털썩 주저앉았다. 얼굴을 손으로 한 번 쓸어내린 아빠가 나에게 앉으라고 말했다.

"아빠는 피가 섞이지 않았다고 해서 예나를 친딸이 아니라고 생각해본 적이 없었다. 사랑하는 여자가 낳은 아이니까."

"그럼, 엄마는 친엄마인 거네. 엄마와 내가 많이 닮았다고는 생각했어."

"맞아. 이제 얘기해 줄 때가 됐구나. 네 엄마 얘기를. 내가 사랑하는 여인의 이야기를. 네 엄마는 타임슬립을 할 수 있었다. 타임슬립을 하려면 생체 공간 이동에 거부반응을 보이지 않는 유전자를 갖고 있어야 하는데 네 엄마는 그레이스 호에서 유일하게 유전자가 들어맞았고 2026년으로 타임슬립했단다."

"바이러스가 퍼지기 전에 막으려고 그랬겠네요. 그런데 아빠는 엄마를 사랑했다면서 과거로 보낼 수 있었어요?"

"사실 그때는 엄마와 아빠가 사귀지는 않았단다. 엄마는 아예 내 존재를 몰랐지. 아빠가 좀 수줍었거든. 좋아하는 감정을 숨기고 멀리서 바라보기만 했지. 말하자면 엄마는 퀸카와 비슷한 존재였어. 아빠가 감히 말을 붙일 수 없을 것 같았거든."

나는 우직한 아빠의 성격을 알았기에 그랬을 거라며 피식 웃음이 나왔다.

"엄마는 임무를 수행하는 중에 엄마를 도와주는 연구원과 사랑에 빠졌고 그 결실이 너였다. 엄마는 위험에 처해서 임무를 마치지 못하고 급하게 귀환하게 됐고."

"만약 엄마가 바이러스를 막았다면 지금의 그레이스 호 생활은 없겠네요. 내 친아빠라는 그 연구원은 어떻게 됐어요?"

"미래로 넘어오기 전부터 엄마는 그 사람의 생사를 몰랐다고 하더구나."

"엄마가 돌아오고 나서 아빠가 사랑 고백을 했어요?"

"그래, 엄마는 돌아오고 나서 사람이 많이 달라진 것 같았지. 바이러스 유출도 막지 못했고 네 친아빠와 헤어져서 상심이 컸나 봐."

나는 실의에 빠진 엄마 곁에서 지극정성으로 엄마를 돌보는 아빠를 상상할 수 있었다. 내가 열이 나고 아팠을 때 아빠가 나에게 해주었던 것을 상상하면 되었다.

"엄마가 아빠 정성에 감동했구나. 그래서 마음을 주게 되었고."

"그래, 하지만 임신한 상태에서 타임슬립하느라 엄마는 몸이 많이 상했단다. 의사 선생님이 아기를 포기하고 수술을 받으라고 했지만, 엄마는 너를 포기할 수 없다고 했지."

나는 처음 듣는 사실에 가슴이 콱 막혀오는 것 같았다. 엄마가 나를 낳다가 죽었기 때문에 엄마 목숨을 대신해서 내가 태어났다는 생각을 한 적은 있지만, 그 전부터 엄마가 나를 포기하지 않았다는 건 또 다른 놀라움이었다.

"예나야, 아까도 말했지만, 아빠는 예나 너를 친딸이다, 아니다, 이런 갈등도 없이 키웠다. 친딸이나 마찬가지였으니까.

네가 먼저 알게 된 것은 아빠가 미안하다. 먼저 얘기해 줬어야
했는데."

"아니야, 아빠. 나도 아빠가 친아빠가 아닐 거라는 생각은
한 번도 해 본 적 없어. 아빠는 친아빠 이상이야. 훌륭한 아빠
라는 거 잊지 마."

모든 것을 알고 나자 홀가분했다. 경계선이라는 건 없었
다. 아빠가 친아빠가 아니라는 것을 알았지만 변한 것은 없
었다.

"어이, 예나, 무슨 생각을 그리 하길래 내가 불러도 모르는
거야?"

쏘냐가 옆에 와서 팔짱을 끼었다.

"머릿속에 복잡한 일이 있었는데 다 풀렸어."

"그래? 참, 우리 엄마한테 네가 엄마 유전자와 내 유전자 비
교해봤다고 하니까 엄마가 화들짝 놀라면서 너랑 네 아빠 유
전자도 비교해봤냐고 하는 거 있지."

그레이스 호에 있는 어른들 몇 명은 엄마와 아빠에 대해
알고 있으므로 내가 친딸이 아니라는 사실도 알고 있었을 것
이다.

"난 아빠 친딸이 아니었어. 네 엄마도 알고 있었나 보다."

"뭐라고? 그게 사실이야?"

"맞아. 근데 아무렇지 않아. 아빠는 그냥 아빠니까."

내가 타임슬립을?

교장 선생님이 교장실로 나를 호출했다. 최근에 어떤 말썽을 피웠나 떠올려봐도 기억나는 것이 없었다. 교장실에 불려가는 것은 나에게 그리 놀라운 일이 아니다. 올해에만 벌써 세 번이었다.

아이들을 편애하는 체육 선생님의 가방에 민달팽이 스무 마리를 넣었을 때 교장실로 불려간 것이 처음이었다. 체육 선생님은 수업 시간에 자신이 가장 싫어하는 것이 달팽이라는 말을 한 적이 있었다. 그 끈적끈적함이 소름 끼친다는 말을 기억해두었다. 체육 선생님은 가방에 손을 넣었다가 경기를 일으키며 손을 뺐다. 달팽이가 느리다는 걸 비웃기라도 하듯 민달팽이 몇 마리가 이미 체육 선생님 손등에 붙어 있었다.

그때는 채소 조합에서 스무 마리의 민달팽이를 잡느라 학교과제를 하지 못해서 아빠한테 통보가 갔다. 후에 민달팽이 사건이 터졌을 때는 통보 정도가 아니라 아빠까지 교장 선생님과 면담을 해야 했다. 면담 후 내가 한 짓을 교장 선생님께 들은 아빠가 물었다.

"왜 그랬니?"

실망했다기보다는 정말 이유가 궁금하다는 투였다.

"체육 선생님이 예쁜 애들만 편애해서 그랬어."

"그런 건 민달팽이 잡으러 돌아다니기 전에 아빠하고 한 번만 상의해 주렴. 혹시 아빠가 사령관이라서 예나 네가 더 관심을 받아야 한다고 생각하는 건 아니지?"

정의라면 물불 가리지 않는다는 걸 몰라주고 나를 아빠의 지위를 믿고 까부는 아이로 본다는 것이 기가 막혔다.

"절대 아니야!"

두 번째로 교장 선생님께 불려간 것은 아이들을 괴롭히는 뚜엔의 애완거북을 훔쳐서 일주일간 숨겼기 때문이었다. 뚜엔의 거북 이름은 터미다. 터미를 내 방에 숨겨놓았는데 그동안 터미는 내 방에서 지내는 게 좋은지 불편한지 전혀 표현하지 않았다. 움직임이 없어서 나는 가끔 터미가 죽었을까 봐 불안했다. 터미를 더 오래 숨기려 했지만 그랬다간 내가 숨이 넘어갈 것 같아서 뚜엔에게 돌려주고 말았다.

세 번째로 불려간 것은 이 여학생, 저 여학생 사귀다가 이유 없이 차버리는 사이먼의 사물함에 페인트 폭탄을 설치했기 때문이었다. 사이먼이 나한테는 사귀자는 말을 하지 않아서 페인트 폭탄을 설치한 건 절대 아니었다. 그 페인트 폭탄은 사이먼의 얼굴에 검은색 얼룩을 남겼고 그 자국이 다 사라지는 데에는 한 달이 더 걸렸다.

그 후로 아이들은 내 보복이 있을까 봐 대놓고 나쁜 짓을 하지 못했다. 나는 심심하게 지낼 수밖에 없었다. 그런데 교장실의 호출이라니. 나는 왜 교장 선생님이 나를 호출하는지 곰곰이 따져보았다. 제출하지 않은 과제들이 많아 내 유급이 걱정인 교장 선생님이 미리 충고하려는 것 같았다. 내가 그렇게 무책임하다고 생각하는 걸까.

교장실에는 교장 선생님과 제복을 입은 어떤 남자가 앉아 있었다. 사령관인 아빠의 제복과 비슷했다. 그레이스 호에서 제복을 입었다는 건 배의 관리자란 뜻이었고 허락을 받지 않더라도 그레이스 호의 모든 시설을 돌아볼 수 있다는 뜻이기도 했다.

"교장 선생님, 손님이 계시니까 빨리 말씀드리고 갈게요. 과제는 그렇지 않아도 제가 밤을 새워서라도 이번 주 안에 다

제출하려고 했어요. 벌써 유전자 과제는 제출했고 이제 나머지 두 개도 꼭 제출할 거예요. 믿어주세요."

교장 선생님이 놀란 얼굴로 나를 쳐다보았다.

"예나야, 너를 부른 건 그것 때문이 아니란다. 참, 과제도 빨리 제출은 해야겠지. 이분은 미래전략부의 이기우 부장님이시다. 여기 와서 편안히 앉거라."

교장 선생님이 원탁 앞의 의자를 가리켰다. 지루한 수업을 받지 않아도 된다니 나는 기쁜 내색을 숨기지 않으며 자리에 앉았다.

"예나 양, 반가워요. 엄마를 많이 닮았구나."

"제 엄마를 아세요?"

"업무를 도왔다고 해야 할까."

"그럼, 타임슬립을 맡았네요?"

이기우 부장은 뭔가 일이 너무 빨리 진행된다는 표정을 짓고 있었다.

"예나 양은 엄마 일을 알고 있었니?"

"네, 이번 생일에 엄마가 무슨 일을 했는지 아빠한테서 들었어요."

"그럼, 단도직입적으로 얘기하마. 미래전략부에서 예나 양의 유전자가 타임슬립에 적합하다는 데 모두 동의했다."

나는 이기우 부장이 무슨 말을 하는지 눈치채고 갑자기 가슴이 뛰기 시작했다.

내가 엄마처럼 타임슬립을 할 수 있다고?

"제가 싫다고 하면 어떻게 되나요? 강제로 가게 되나요?"

"그건 아니란다. 우리는 네 의견을 존중해야 해."

나는 잠시 생각에 잠겼다.

"제가 안 가면 누가 또 갈 수 있나요?"

부장님은 고개를 저었다.

"타임슬립 할 수 있는 유전자는 흔치 않단다. 네 엄마가 처음이었고 예나 양이 그럴 확률이 높다고 생각해서 주시는 하고 있었지. 이제 예나 양이 자기 의견을 피력할 나이가 됐으니 물어보는 거다."

"아빠도 알고 계세요?"

"사령관님도 짐작은 하실 게다. 하지만 지금 내가 예나 양을 만나고 있다는 건 모른다."

"언제까지 결정해야 해요? 지금은 머리가 복잡해서 대답하지 못하겠어요."

"그리 급할 건 없다. 우리는 16년을 기다렸단다. 조금 기다리는 건 문제도 아니지."

교장실을 나서면서 발걸음이 무거웠다. 겁이 났다. 지금의 생활을 다 버리고 과거로 넘어가 엄마가 하려던 임무를 해야 한다. 도대체 내가 무엇을 할 수 있지? 아빠는 어떡하고, 내 친구 쏘냐는?

"예나야, 같이 가자."

쏘냐가 내 가방을 들고 따라왔다.

"여기 네 가방. 선생님이 종례 끝마치고 집에 가라 그랬어. 내일부터 한 달간은 재택수업이라서 아이들이 좋다고 후딱들 집에 가더라."

나는 쏘냐가 건네주는 가방을 받았다. 과거로 타임슬립하면 쏘냐와 이렇게 학교에서 얘기할 수도 없다는 것이 슬펐다. 쏘냐와의 소중한 시간이 얼마 없다는 생각을 하자 마치 시간이 쑥쑥 뭉텅이로 빠져나가는 듯한 기분이 들었다.

"쏘냐, 만약 말이야, 내가 어디 먼 데로 가게 되면 어떨 것 같아?"

"무슨 말이야? 이 그레이스 호에서 먼 데라고 해 봐야 배 안이잖아."

"아무것도 아니야, 갑자기 그런 생각이 들어서……."

"나도 아까 수업 시간에 무서운 생각이 들었어. 선생님이 얘기하는데 그레이스 호의 연료는 비축량이 계속 줄어들어서

오 년 사용량도 안 남았다고 하시더라. 그래서 에너지 절감 항
목이 더 늘어날 거래."

타임슬립으로 사일런스 바이러스를 막지 못한다면 그레이
스 호의 마지막 생존자들도 오 년이라는 시한부 인생을 살아
야 한다는 것이 마음에 걸렸다.

"우리 방에서 털실 뜨기 같이 할래?"

"너 털실 뜨기 싫어하잖아?"

털실 뜨기는 낡은 털실에 증기를 쬐어서 다시 뜨개질하여
옷을 만드는 작업이었다. 옷의 재활용을 위해서 권장되는 활
동이었지만 나는 가만히 앉아서 하는 그 일이 마음에 들지 않
았다. 그러나 쏘냐와 시간을 같이 보내려면 털실 뜨기가 가장
좋을 것 같았다. 내가 타임슬립을 결정하면 쏘냐와 지낼 수 없
다. 쏘냐와 같이 쓸 시간이 한 줌도 남지 않은 것 같았다.

아빠는 쏘냐가 집에 가서도 한참이 지나서야 돌아왔다. 사
령관으로서 아빠의 역할은 막중한 것이라 업무가 많았다. 나
는 아빠 얼굴이 유난히 다른 때보다 어둡다는 걸 알았다. 혹시
내 유전자가 타임슬립에 적합하다는 걸 보고받았을지도 모른
다고 나는 생각했다.

"아빠, 오늘 이시우 부장님이 학교에 오셨어."

"알고 있다. 이 일로 이시우 부장과 좀 언쟁을 했다. 나한 테 먼저 보고하지 않고 너를 만났다고 말이야. 이 부장은 아빠 인 내가 딸에게 편파적인 언급을 할까 봐 그랬다는구나. 예나 야, 솔직히 나는 너를 보내고 싶지 않다. 엄마를 잃었는데 너 마저 잃을 수는 없다."

"아빠, 나도 간다고 생각하면 무서워. 그런데 우리 그레이 스 호의 연료도 얼마 남지 않았다며? 내가 가지 않는다면 어쨌 든 모든 사람이 죽게 될 거야. 내가 성공한다는 보장은 없지만 내가 노력은 한 거니까. 엄마도 이걸 바라실 것 같고."

"예나야, 혹시 과거로 돌아가서 엄마나 친아빠를 만날 수 있다고 생각하는 건 아니지? 친아빠가 살아있다면 만날 수는 있겠지만 엄마와 같은 과거 시간으로 돌아가면 너와 엄마의 시간이 충돌하기 때문에 그 시간대로는 갈 수가 없어. 너는 엄 마가 돌아온 이후의 시간으로 가게 될 거야."

나는 과거로 가 엄마를 만날 수 있다고 생각했는데 만날 수 없다니 실망이었다. 그래도 친아빠가 누군지 알아낼 수 있 지는 않을까. 나는 타임슬립을 하겠다는 쪽으로 마음이 굳어 갔다.

"아빠, 내가 걱정되는 건 바이러스를 막으면 미래가 바뀌 잖아. 그러면 아빠도 친구들도 못 만나는 거야?"

"그건 아무도 알 수가 없단다. 어떻게 전개될지는. 하지만 이렇게 바다 위에서 표류하는 생존자들의 생활은 사라지겠지."

"그러니까 그레이스 호에서 할 수 있는 건 타임슬립으로 바이러스 생성을 막고 미래를 바꾸는 것밖에 없겠네."

미래는 아무도 알 수가 없다. 하지만 머지않아 연료가 떨어지는 날이 그레이스 호 멸망의 시작이라는 것은 누구나 알 수 있었다. 나는 과거로 돌아가 할 수 있는 일을 하자는 쪽으로 마음을 굳혔다.

아빠와 미래전략부 몇몇 사람들과 교장 선생님을 제외하고 일반인들에게 내 타임슬립은 극비사항이었다. 나는 몸의 이상으로 검사를 위해 격리될 예정이라고 공고됐다. 그레이스 호 안에서의 전염병은 치명적이므로 이상이 있는 사람은 안전하다는 것이 밝혀질 때까지 격리되는 것이 그레이스 호의 철칙이었다.

며칠 후 나는 보호복을 입고 쏘냐를 찾아갔다. 보호복을 입고 있으면 안전한데도 쏘냐의 엄마는 내 모습을 보자 맹독을 지닌 벌레를 보듯이 쳐다봤다.

"쏘냐한테 인사하러 왔구나. 여기 앉아 있거라."

쏘냐의 엄마는 나를 식탁에 앉히고 쏘냐의 의자를 나와 거리를 둬서 뒤로 뺐다. 쏘냐가 의자를 앞으로 당겨 앉으려 하자 쏘냐의 엄마가 쏘냐 어깨를 잡았다.

"엄마, 예나와 편안하게 말할 수 있게 자리 좀 비켜주세요."

쏘냐의 말에 쏘냐 엄마가 거리를 유지하라는 말을 하고 방으로 들어갔다.

나를 쳐다보는 쏘냐의 눈에 밀물이 밀려오듯 눈물이 가득해졌다.

"어제 네 방에 몇 번이나 갔는데 네가 없어서 걱정했어."

쏘냐의 얼굴을 다시 볼 수 있을까. 쏘냐의 왼쪽 뺨에 점이 있었네, 쏘냐의 머리카락은 갈색이 아니라 단풍 든 나뭇잎 색깔도 들어있구나, 쏘냐는 말할 때 콧구멍이 커지는구나. 나는 평소에 몰랐던 쏘냐의 새로운 모습을 찾으며 가슴 한구석의 통증을 눌러야 했다.

"생각보다 나쁘지 않아. 골려줄 친구들이 없어서 좀 심심하지만."

"뭐야, 넌 심심한 걸 제일 못 견디잖아. 어떡해."

쏘냐가 드디어 대성통곡을 시작했다.

'쏘냐, 나는 과거로 가서 바이러스를 막을 거야. 심심할 틈이 없으니까 걱정하지 마.'

나는 이런 말을 할 수가 없어서 답답했다.

쏘냐가 자기 머리핀을 하나 뽑아서 나에게 건넸다.

"내가 보고 싶을 때마다 이거 봐."

쏘냐는 내가 타임슬립을 할 거고 타임슬립할 때는 몸에 생체의복 외에는 아무것도 지닐 수 없다는 걸 모른다. 그래도 나는 머리핀을 기쁘게 받았다.

"난 너한테 줄 거 안 갖고 왔는데."

쏘냐는 자기 방으로 달려가서 종이 한 장을 들고 나왔다. 거기에는 여자아이 그림이 그려져 있고 아래에는 '내 친구 쏘냐'라고 쓰여 있었다.

"이거 기억나? 내 짝꿍이 됐을 때 네가 그려준 거야. 내가 친구에게 받은 최초의 선물이지."

"이걸 지금도 갖고 있었던 거야?"

"맞아, 학교가 무서웠는데 네가 선물을 줘서 학교는 좋은 거구나, 이런 친구가 생기는 거구나 느꼈고 학교 가는 게 즐거웠어."

내가 못된 장난을 칠 때도 나를 두둔하며 친구들에게 해명하던 쏘냐의 모습이 떠올랐다. 쏘냐를 두고 과거로 간다는 것이 쏘냐를 다시 만날 수 있다는 기대마저 내려놓는 일임을 알았다. 나는 과거와 미래의 시간을 합쳐놓은 물속에서 허우적

대고 있는 기분이었다.

　나는 타임슬립을 위한 특수교육을 받기 시작했다. 교육을
받는 동안 쏘냐가 준 머리핀을 짧은 머리에 꽂고 지냈다. 나는
2026년 5월의 대한민국 제주로 타임슬립할 예정이었다. 엄마
가 알아낸 정보에 의하면 사일런스 바이러스가 유출된 곳은
제주에 있는 국가 산하의 KV연구소(한국백신연구소)였다.
　"예나 양은 그 연구소의 바이러스 생성을 막는 활동을 스
스로 찾아내야 합니다. 예나 양은 체력 훈련과 함께 2026년 제
주 학생들의 말투, 차림새, 행동을 배우고 그 시대의 문화 교
육을 받게 됩니다."
　미래전략부는 과거에 대한 방대한 데이터를 마련해두고
있었다. 그레이스 호 생존자들의 증언, 문서자료, 영상자료 등
이었다. 그들은 배에 타기 전에 미래에 필요한 것들을 챙기는
것을 우선으로 했다. 몇십 년 후에 파보기 위해 타임 캡슐에
묻어놓을 것들을 고르는 것처럼 신중해야 했다. 짧은 시간
안에 결정해야 했다. 이건 모두 이기우 부장님한테서 들은
얘기다.
　"부장님은 어떻게 이 배에 타게 됐어요?"
　"초대장을 받았다. 가족이 모두 크루즈를 탈 수 있고 초대

장을 받은 본인은 이십 년 후에 열어볼 타임 캡슐에 넣어둘 세 가지를 갖고 오라는 것이었어. 개인적인 거 하나와 미래에 꼭 필요한 거 두 가지. 단 그 두 가지는 만약 지구가 멸망했다고 가정하고 지구를 다시 복원할 때 자신의 전문분야에서 꼭 필요한 거라는 단서 조항이 있었지. 그때는 다시 육지에 발을 못 들일 거라는 상상은 하지 못했다. 그냥 재미있는 조항이라고 만 생각했지."

"초대장이 수상하네요. 초대장 보낸 사람이 바이러스 퍼뜨린 범인인 거죠?"

"그렇다고 봐야겠지. 초대장을 받고도 승선하지 않은 사람들도 물론 있었지. 초대장은 각 분야의 전문가들 위주로 보냈더구나. 크루즈를 타고 먼바다로 나갔는데 일주일 후에 지구에 치명적인 바이러스가 유출돼서 사람들이 죽어가고 있다는 걸 알았다. 분명 바이러스를 유출한 사람이 승선해 있었겠지만, 혼돈 속에서 질서를 유지하는 게 더 중요하게 여겨졌단다. 지금 폭풍우를 피해 안전한 곳으로 항해할 수 있는 것이랑 바닷물을 정화해서 식수로 사용하고 자가발전으로 전력을 확충하고 배양육을 먹을 수 있는 것들이 초대장 덕분이긴 하지. 하지만 나는 기술자들을 선별한 기준이 뭘까, 그 기준은 누가 정했는가, 나는 그럴 가치가 있나, 이런 생각이 끝없이 들었다.

우리는 인류의 마지막 생존자들이면서 바이러스 유출자와 공범, 공생 관계가 돼버린 셈이었어. 시간이 좀 흐른 후엔 바이러스 유출자가 자기 존재를 드러내지 않은 것으로 봐서 그가 승선하지 않았을 가능성도 있었지만, 우리가 할 수 있는 건 혹시라도 바이러스 유출자가 배를 장악하지 못하도록 철저하게 공정한 자치를 하도록 노력하는 것뿐이었단다. 사령관을 공정한 투표를 통해서 선출하는 게 그 한 가지란다. 그런 면에선 예나 양이 아빠를 자랑스러워해도 된다는 얘기가 되네."

"아빠는 가끔 인간이 맞나 의심스러울 때가 있어요. 너무 완벽해서요. 참, 부장님은 무엇을 갖고 배에 타셨어요? 개인적인 거는 밝히기 힘들면 됐고 나머지 두 가지가 뭐였어요?"

"내 전공이 인공지능이란다. 두 가지 다 비슷한 건데 쉽게 말해서 내가 갖고 온 기술과 데이터가 예나 양이 엄마를 만나는 추모 방을 가능하게 한 거란다."

"우아, 부장님 덕분에 제가 엄마를 만날 수 있는 거네요. 정말 감사해요. 참, 제가 과거로 가서 과거 속의 이기우 부장님을 만나 도와달라고 하면 되지 않을까요?"

"너도 타임슬립 전 네 엄마와 같은 얘기를 하는구나. 네 엄마는 과거로 갔을 때 미래 생존자들을 만날 수 없었단다. 그러니까 엄마는 과거의 엄마 자신뿐만 아니라 과거의 나도 만날 수 없었어. 네 엄마가 자신을 만날 수 없는 건 같은 물질이 같은 시간, 같은 공간에 동시에 존재할 수 없는 법칙으로 이해되는데 나를 만나지 못한 건 그것으로도 설명이 안 되니 아마도 타임슬립으로 시공간이 겹쳐지면서 과거의 나와 미래의 내가 같은 공간에 있게 되기 때문인 것 같다. 그러니까 과거로 가더라도 그레이스 호 사람들은 만날 수 없는 거지."

"그럼 내가 과거로 가서 만날 사람들은 모두 미래의 유령이란 말이에요?"

부장님은 내 큰 목소리에 흠칫하더니 미소를 지으며 말씀하셨다.

"과거와 미래는 현재가 있어서 존재하는 거란다. 현재의 눈으로 현재에 충실하자꾸나. 네가 갈 2026년 과거는 너에게 현재가 될 거고 그건 선물이란다."

2026년으로 가면 나에게는 현재가 된다!

타임슬립을 위한 교육은 강도가 높았고 나는 점점 2026년에 적합한 예나로 완성되어가고 있다는 기분이 들었다. 에너지 절감으로 학생들에게 노출되지 않았던 스마트폰을 받고 스마트폰 사용법을 배웠다. 나에게 스마트폰은 별세계였다. 컴퓨터를 손안에 들어가는 크기로 만들어 들고 다니는 것이었다. 그 안에서 모든 것-전화, 문자, 온라인 소통, 게임, 동영상 시청이 이루어졌다.

"부장님, 우리가 너무 불쌍해요. 이런 것도 갖고 놀지 못하고."

이시우 부장이 미간에 주름을 만들었다.

"보이는 게 전부는 아니야. 같이 차 마시러 갔는데 각자 스마트폰에 신경 쓰느라 대화가 되지 않는 상황을 상상할 수 있겠니? 또 온라인에서 왕따를 당하면 심한 우울증에 걸리거나 자살을 하는 학생도 있었단다. 예나 양은 보이는 것만이 아니라 그 이면의 그림자도 알아둘 필요가 있어."

"네? 뭐라고요? 온라인 왕따라고요? 알았어요. 내가 과거로 돌아가면 다른 학생을 온라인 왕따든 오프라인 왕따든 왕따를 시키는 일은 절대 없을 거예요."

"훗, 예나 양이 왕따 당할 일은 없다는 거네?"

"그럼요, 제가 왕따를 당하다니 말이 돼요? 너무 씩씩해서 탈이긴 하지만요."

한 달의 교육 기간이 끝나고 삼 일 후에 타임슬립 일정이 잡혔다. 삼 일은 교육 없이 내 주변을 정리하는 시간이었다. 아빠는 아무렇지 않은 척했지만, 정신이 산만해 보였다. 물이 넘치는 줄 모르고 컵을 계속 잡고 있기도 했고 파자마를 입은 채 외출을 하려 하기도 했다.

"예나는 엄마처럼 씩씩하게 임무를 수행할 거라 믿는다."

아빠의 말은 마치 아빠 자신에게 들려주는 말 같았다.

"엄마가 과거에 대해서 들려준 얘기 없었어요? 사실, 내가 경험해보지 못한 세계라서 잘 해낼 수 있을까 걱정돼. 왜 엄마는 생체의복에 자세하게 쓰고 오지 않았을까요?"

엄마가 남겨놓은 정보가 너무 빈약했다. 내가 알고 싶었던 친아빠의 이름이나 특징에 대한 정보는 하나도 얻을 수 없었다.

"급박히 타임슬립이 이루어졌다고 들었다. 그런 것들을 챙길 수 있는 시간적 여유가 없었다고 하더구나. 목숨을 겨우 건졌으니까."

"그래도 친아빠에 대한 정보가 없는 건 이해가 되지 않아요. 왜 엄마가 숨겼는지."

"사건과 별 연관이 없는 일이고 엄마는 자신의 사생활이라고 함구했단다. 하지만 엄마는 너를 낳기 전에 분만의 고통 속에 있을 때 어떤 초인적인 힘이 나온 모양이더라. 말을 많이 했지. 아마 네가 성인이 되면 타임슬립할지도 모른다고 생각하는 것 같았단다. 그건 아빠보다 너에게 들려주는 말이었어.

어떤 힘든 일이 있어도 자기 자신을 믿고 포기하지 말라고."

내가 태어나기도 전에 내가 타임슬립할지도 모른다고 생각했다니 나와 엄마가 어떤 끈으로 연결된 것만 같았다.

"거기도 사람 사는 세상이잖니. 분명 너를 도와줄 사람들이 있을 거야."

"정말 그럴까?"

"그럼. 그리고 네가 어쩔 수 없는 것들까지 모두 네 몫으로 걱정하지 말아라. 예나는 잘 해낼 거라 믿는다."

친아빠가 아니라는 것을 알게 된 후로도 아빠는 여전히 나에게 충분히 훌륭한 아빠였다. 나는 아빠를 꼭 안아드렸다. 그건 엄마를 안는 것과도 같았다.

드디어 타임슬립의 날이다. 타임 캡슐로 들어가기 전에 아빠는 나를 안아주었다. 사령관으로서의 위엄이 아니라 아빠로서의 자상함으로.

나는 타임슬립 캡슐 안에서 눈을 감았다. 내 몸으로 타임슬립을 적합하게 만들어주는 액체들이 스며들었다. 이시우 부장이 과거에서 정신을 차리게 됐을 때 어지럼증을 느낄 수 있다고 미리 말해줬다. 나는 잠을 잤다가 깨어나는 것처럼 과거에 있게 될 것이다.

내가 바이러스 생성을 막는다면 인류의 미래가 바뀌기 때문에 그레이스 호에서 생활했던 사람들을 다시 못 만날지도 모른다. 사랑하는 아빠, 내 단짝 친구 쏘냐, 무뚝뚝하지만 인정 많은 밥 아저씨, 엄격했지만 아무도 편애하지 않았던 교장 선생님…….

하나, 둘, 셋, 넷…….

나는 잘 할 수 있을까. 엄마, 나에게 힘을 줘!

친절한 할머니

2026년 제주

"말만 한 처자가 이런 데서 자면 어떡허냐? 빨리 일어나."

나를 쿡쿡 찌르는 낌새에 눈을 떴다. 머리가 깨질 듯이 아팠다. 욕실 배수구 속으로 물이 흘러 들어가는 소용돌이처럼 뇌가 회전하는 것 같았다. 이것이 이시우 부장님이 말한 타임슬립 후의 어지럼증인 것 같았다. 타임슬립할 장소의 좌표는 인적이 없는 곳이라 했는데 내 앞에는 키 작고 뚱뚱한 할머니가 서 있었다.

"여기가 어디예요?"

"정신이 없나? 여기는 제주지 어디긴 어디일까."

나는 목적지인 제주에 타임슬립한 것에 안도감을 느꼈다.

"집이 없나? 왜 이런 데서 자고 있냐? 옷 한번 요상허네. 이거라도 걸쳐라."

연달아 질문을 쏟아내던 할머니는 입고 있던 외투를 벗어 나에게 건넸다. 내가 입은 생체의복은 몸에 딱 달라붙는 형태라 할머니가 보기에 이상했을 것이다. 할머니의 외투를 입었다. 따스했다. 으슬으슬 추운 기운이 사라졌다.

"저는 아프리카 케냐에서 왔어요. 여기는 고모를 찾으러 왔고요."

미래전략부에서 세심히 준비해 놓은 내 신분은 아프리카 케냐에서 의료봉사를 하던 부부의 딸이고 부모님이 교통사고로 돌아가시자 유일한 혈육인 제주의 고모를 만나러 온 것으로 설정돼 있었다. 의료봉사하던 부부나 고모는 이 세계에서 실존했던 인물이었다. 실제로 아프리카 케냐에서 거주하던 부부는 교통사고로 사망했고 내 고모라는 사람은 몇 달 전 사망해서 무연고 시신 처리가 된 사람이었다.

"나 아프리카 들어봤구먼. 그 먼 데서 혼자 고모 찾으러 온 거가?"

"네. 부모님이 돌아가시기 전에 대한민국 제주에 고모가 있다면서 주소를 적어 줬어요. 몇 년 전부터 소식이 끊겼지만, 대한민국에 남아있는 유일한 혈육이라면서요."

"참말로 네 신세도 스산하구나. 가방은 없나?"

생체의복 안쪽에 KV연구소의 주소와 함께 엄마가 과거에 마련해놓은 사물함의 주소와 비밀번호 등이 있었다. 그 정도는 외울 수 있겠지 하는 표정으로 훈련사가 웃었지만, 그의 표정은 날이 갈수록 굳어져만 갔다. 결국은 그것들을 생체의복에 새겨야 했다.

"가방은 내가 잠들었을 때 누가 가져가 버렸나 봐요."

"쯧쯧, 도둑놈이 다 갖고 갔나 보네. 어서 일어나거라. 일단 우리 집으로 가자."

나는 잠시 망설였다. 엄마는 자신이 실패하고 다른 사람이 다시 타임슬립할 경우를 위해서 사물함에 현금카드를 비롯한 여러 가지를 준비해 놓았다고 했다. 나는 연구소와 가까운 호텔에 숙소를 정하여 두고 활동할 예정이었다. 미래전략부에서 교육을 받을 때 주변 사람을 너무 믿지 말라는 충고가 있었기 때문에 이 할머니를 따라가도 좋을지 알 수가 없었다. 그러나 할머니는 내가 아무 연고도 없는 제주에서 어떻게 사람을 찾을까 진심으로 걱정하는 눈치였다.

"내 조카가 경찰이다. 네 고모라는 사람, 내 조카가 찾아줄 수 있을 거다."

나는 할머니를 따라가기로 마음먹었다. 호텔에서 생활하

는 것보다 일반인과 섞여서 살면 눈에 덜 띌 것이다.

"할머니, 저는 김예나예요."

"나는 김영자다. 욕쟁이 할망이라고들 하지."

할머니의 집은 아담한 이층집이었다. 일 층은 식당이고 이
층은 살림집으로 쓰고 있었다.

"저 방이 안 쓰는 방이니까 저기서 자면 되겠네. 이불도 내
가 햇빛 바래기해서 뽀송뽀송할 거다. 그 고모인지 뭔지 주소
하고 이름 줘 봐라."

나는 할머니에게 고모의 주소와 이름을 줬다.

"제주 애월리, 여기까지 잘 찾아왔네. 너는 거기서 태어났
나? 아프리카?"

"아뇨, 한국에서 살다 세 살 때 이민 갔어요."

거짓말이 술술 나오는 것이 신기했다. 미래전략부에서 가
상 대화를 많이 해봤기 때문에 정말 제주에 내 고모가 있는 것
만 같았다.

잠에서 깼을 때 낯선 풍경에 한순간 어리둥절했다. 내가 일
어난 침대에 햇빛이 쏟아졌다. 창문에 연두색 리넨 커튼이 걸
려 있었지만 아침 햇살이 커튼을 통과해 침대 위를 비췄다. 나

는 그 햇살 안으로 손을 내밀어 이리저리 비추어 보았다. 팔의 솜털까지 햇빛을 받아 반짝거렸다.

참, 여기는 과거의 대한민국이지.

나는 방문을 열고 나와 할머니를 찾았다. 이 층에는 아무도 없어서 계단을 내려와 일 층 식당으로 갔다. 식당은 전쟁터였다. 좌석마다 손님들이 꽉 찼고 홀에는 아주머니가 바쁘게 음식을 나르고 있었다. 할머니는 주방의 뽀얀 김 속에서 음식을 만들고 있었고 맛있는 냄새가 일 층 가득 퍼졌다.

"여기 국물 리필요."

"저 새끼, 국물은 공짜인 거 알고 뱃가죽 늘려신가. 이거 갖다 주라. 배 터지게 처먹으라."

할머니가 욕을 하는데도 남자 손님은 뭐가 좋은지 싱글싱글 웃고 있었다. 나는 그 남자 오른쪽 식탁의 손님들을 보고 깜짝 놀랐다. 그 손님들은 바로 내가 찾고 있는 연구소 마크가 찍혀있는 체육복을 입고 있었다. 할머니 집에 머물게 된 것이 우연이라면 기막힌 행운이라서 정말 우연일까 하는 의심이 들기도 했다. 그러나 의심에 골몰할 새도 없이 식당은 일거리가 넘쳐났다.

"학생, 이거 저 테이블에 갖다 주겠어?"

아주머니가 거리낌 없이 나에게 심부름을 시켰다.

"할머니, 알바생 데렸나 봐요?"

연구소 마크가 찍힌 체육복을 입은 여자가 물었다.

"무사? 손녀다. 이름은 예나."

"손녀는 할머니 안 닮아서 예쁘네."

"네 눈깔 삐었나. 뽄으로 달고 다니나. 날 닮아서 이쁜 거지."

식당은 평소에도 아침에 손님들로 발 디딜 틈이 없는 모양이었다. 9시가 돼야 식당이 한가해졌다. 나는 할머니, 아주머니와 늦은 아침을 먹었다.

할머니와 경찰서를 찾았다. 할머니가 조카라고 말한 경찰관은 할머니 식당의 단골이었고 오늘 국물 리필을 하다가 욕을 바가지로 먹은 장본인이기도 했다.

"할머니, 원래 이런 거 막 조사해주고 그러면 안 되는 거거든요."

"그래서 내가 공짜로 국물 많이 주잖아."

"와, 그거로 통치실라 그러네."

경찰관은 고모가 이미 사망했고 무연고 처리돼서 화장까지 다 했다는 것을 차근차근 할머니와 나에게 설명했다. 나는 어떤 표정을 지어야 할지 알 수 없었다. 나의 어정쩡한 표정과 행동 대신 할머니가 연신 눈가에 손을 갖다 댔다.

"불쌍해서 어쩐다. 이 사람도 참 기구하게 갔네."

할머니는 나를 시장으로 데리고 갔다.

"갈아입을 옷이랑 몇 가지 사야 되지 않겠나. 예나, 너 비싼 데서 사려던 거 아니지?"

"아니에요. 저도 돈 아껴 써야죠. 그리고 밥값이랑 숙박비도 낼게요."

"됐다. 나도 혼자 적적한데 그냥 지내도 괜찮다."

내가 가진 현금카드에 많은 돈이 들어있는 것을 할머니가 알면 어떤 표정을 지을지 상상해 보았다.

"너는 이제 학교도 다녀야 한다. 고등학교 졸업장을 따고 대학도 들어가야지. 여기 이 나라에선 대학교 안 나오면 사람 대접을 못 받는다."

나는 깜짝 놀랐다. 호텔 대신 할머니 집에 머물게 됐는데 예정에 없던 학교에 다녀야 한다니. 미래전략부에서 2026년 내 또래의 생활 방식을 배운 건 활동하면서 자연스럽게 보이기 위한 것이었지 학교생활을 위한 건 아니었다. 내가 과거로 타임슬립을 결정한 이유 중 하나가 학교에 다니지 않아도 되고 지겨운 과제를 하지 않아도 된다는 거였는데 그 즐거움이 사라질 위기였다.

"꼭 학교에 다녀야 하나요?"

"내가 가장 후회하는 게 학교에 댕기지 못한 거다. 내 조카 중에 선생님이 있으니까 다 알아봐 줄 거다. 돈은 걱정 말고."

할머니 집에 머무는 이상 학교에 다니지 않겠다고 고집을 피울 수가 없었다. 그렇다고 할머니 집을 나가고 싶지도 않았다. 할머니 식당이 KV연구소와 가까워 연구원들이 밥을 먹으러 왔고 연구원들과 친해지면 바이러스에 대한 정보도 빨리 얻을 수 있지 않을까. 나는 학교에 다닐 것을 결심했다. 그러나 대한민국 고등학생들이 그렇게 많은 시간을 학교에 매여 지내고 있다는 걸 알았다면 결코 학교에 가지 않았을 것이다.

"할머니가 조카라는 사람들 다 조카 맞아요? 아닌 것 같은데요."

"우리 식당에 와서 내가 지어준 밥 먹었으면 다 조카지, 조카가 별건가?"

나는 웃음이 나왔다. 선생님인 조카가 있다는 것도 식당에 와서 밥 먹는 단골 중에 선생님이 있다는 말이었다.

"저 생활할 돈은 있어요. 부모님 돌아가시면서 변호사 아저씨가 정리해서 입금해 줬어요."

"그래도 네가 있겠다고 할 때까지 여기 있어도 좋다. 그리고 사람 함부로 믿지 마라. 아무한테나 돈 있다고 하면 안 되지."

"할머니도 믿지 마요?"

"아무렴, 그렇지."

이불 속에 눕자 미래에 두고 온 친구 쏘냐와 아빠가 생각났다. 지금 내가 있는 시간은 엄마가 임무를 마치지 못하고 미래로 온 후의 시간이다. 지금은 2026년 5월 26일이고 바이러스 유출은 2026년 11월 10일. 육 개월 안에 모든 임무를 마쳐야 한다.

나는 과거로 오자마자 김영자 할머니를 만난 게 행운이라고 생각했다. 그리고 내가 과거에 자연스럽게 스며들고 있는 것이 안심되면서도 준비된 것처럼 딱딱 들어맞는 것에 불안감이 느껴지기도 했다.

친아빠는 어떤 사람일까.

엄마는 왜 아빠의 정보를 주지 않았을까? KV연구소 연구원일까?

할머니 몰래 집을 빠져 나와 KV연구소까지 갔다. 늦은 시간까지 불이 켜진 연구실이 있었다. 정문은 굳게 닫혔고 건물 현관 안쪽에 수위 두 명이 지키고 있었다. 연구소는 난공불락의 요새처럼 보였고 내가 비집고 들어갈 틈이 없었다.

학교에 다니다

할머니가 조카라고 우기는 선생님의 도움으로 나는 해광고에 다니게 됐다. 스마트폰을 개통하고 교복을 맞추고 가방과 학용품을 샀다. 첫 등교를 하게 됐을 때 할머니는 교복을 쓰다듬으며 말했다.

"이제 학생 같구먼. 가서 친구들과 사이좋게 지내고 엄마, 아빠 없다고 절대 기죽으면 안 된다이."

나는 피식 웃음이 나왔다. 그레이스 호에서 내가 저질렀던 사건, 사고들을 안다면 할머니는 아마 이렇게 말했을 것이다.

'너무 기 살리지 말아라.'

나는 담임선생님을 따라서 교실로 들어갔다. 교실 밖까지 들리던 말소리들이 뚝 그치고 책상을 끄는 소리, 의자를 바로

잡는 소리가 그 자리를 대신했다. 아이들이 나를 스캔하듯이 위아래로 훑어보았다. 그들의 표정은 동물원의 이국 동물을 보는 것처럼 호기심을 나타내고 있었다.

"자, 주목. 새 전학생이다. 멀리 아프리카 케냐에서 생활하다 왔다. 자기 소개하도록."

나는 앞으로 몇 개월을 같이 보게 될 친구들을 바라봤다.

"안녕, 만나서 반가워. 김예나라고 해. 한국에서 태어나서 세 살 때까지 살았고 부모님을 따라 케냐로 이민가서 지금까지 살다가 다시 돌아왔어."

나는 미래전략부에서 나에게 부여한 캐릭터를 충실하게 읊었다.

"마당에 사자가 돌아다니냐?"

여드름 많은 남학생이 묻자 교실이 웃음바다가 됐다. 나는 꾹 참았다. 미래에서 과거의 십대 또래들의 생활을 시뮬레이션했지만, 실전은 처음부터 강한 어퍼컷이었다.

"비슷해. 아나콘다를 베개 삼아 눕고 아침이면 코끼리가 코로 내가 좋아하는 삶은 달걀을 가져다주지. 그것도 내가 좋아하는 노른자만 골라서. 그리고 난 악어들과 수영하는 취미가 있어."

웃음소리가 더 높아졌다.

"자, 앞으로 잘 도와주고 친하게 지내는 거 알지. 음, 예나는 저기 아영이 옆에 앉아라."

나는 선생님이 가리키는 여학생 옆의 빈자리에 가서 앉았다. 내가 코끼리라고 말했을 때 눈이 마주친 여학생이었고 당황하며 내 눈길을 피했던 게 기억났다. 아영의 엉덩이는 의자가 좁아서 밖으로 흘러내리는 것 같았다. 아영의 배가 책상을 밀어냈다. 내가 본의 아니게 아영의 별명을 말했고 그래서 아이들이 더 웃었던 걸까.

나는 아영이와 금방 친구가 되었다. 아영이는 같은 반에 친구가 없는 것 같았다. 드러내놓고 왕따를 시키지는 않았지만 아무도 아영과 같이 점심을 먹으려 하거나 같이 수다를 떨지 않았다. 아영이는 수줍음도 많아서 아영이 말을 들으려면 귀를 쫑긋 세워야 했다.

"돼지가 사람 말을? 쿵쿵."

나와 아영이가 수업이 끝나고 나서 떡볶이를 먹으러 가자고 얘기하고 있을 때 어떤 남학생이 옆을 지나가며 비아냥거렸다. 갑자기 아영이는 말하던 것을 멈췄다. 아영이 몸은 경직되었고 눈에는 금방 눈물이 고였다. 아영이는 지금까지 이런 대접을 받아도 대들지 못하고 참아온 것 같았다.

"어이, 고릴라, 너도 사람 말 참 잘한다."

내가 남학생을 쏘아보며 말했다. 아영이가 깜짝 놀라며 내 팔을 잡았다. 이때는 내가 누구를 자극하고 있는지 몰랐다. 그 남학생은 정찬이었고 학교에서 싸움 대장이었다. 아무도 정찬을 건드리지 못했다. 그런 정찬은 털이 많은 것이 콤플렉스였고 그것을 누가 지적하면 털에 불이 붙은 고릴라처럼 사나워졌다. 이런 것을 알았더라도 나는 불의를 보면 못 참는 성격이니까 정찬에게 대들었을 것이다.

"야, 너, 전학생, 금방 뭐라 그랬어?"

"나? 고릴라도 사람 말 잘한다고 했는데?"

"이게 보자 보자 하니까, 졸라 건방지네. 전학생이라고 봐 줄 줄 알아?"

정찬이 의자 하나를 쓰러뜨리며 나에게 돌진했다. 나는 피하면서 정찬의 급소를 찔렀다. 내가 미래전략부에서 호신술을 익힐 때 배운 사람의 급소였다. 정찬은 헉 숨을 몰아쉬면서 고꾸라지고는 몸을 파들파들 떨었다. 아이들이 비명을 질렀다.

"무슨 일이야!"

종례하려고 들어온 담임이 소리를 질렀다.

"아무 일도 아니에요. 급체인가 봐요."

정찬이 부들부들 다리를 떨면서 일어나 기어가는 목소리로 말했다. 정찬의 얼굴은 식은땀으로 번들거렸다.

"정말 안 좋아 보이는구나. 어서 빨리 집으로 가 봐라. 힘들면 보건실에 먼저 들르고. 병원에 먼저 가 봐야 하는 거 아닌가. 나랑 먼저 병원에 갈까?"

담임은 정찬의 얼굴을 보자 당황하여 여러 말을 쏟았다.

"그 정도는 아니에요. 좀 앉았다 갈게요. 지금은 어지러워서요."

놀란 반 아이들은 담임의 종례를 한 귀로 듣고 한 귀로 흘리며 나와 정찬을 번갈아 쳐다보기에 바빴다. 점차 정찬의 얼굴색이 본모습으로 돌아오기 시작했다. 정찬은 자신의 싸움 기술이 최고인 줄 알았다가 나에게 한 방 먹고 자존심이 많이 상한 것 같았다. 담임이 교실을 나갔을 때는 정찬은 옷을 추스르고 내 앞에 설 수도 있었다. 나에게 돌진하던 사나운 기세는 사라지고 없었고 정찬은 얼굴을 붉히며 말했다.

"야, 예나, 나를 이렇게 대한 여자는 네가 처음이야. 나랑 사귈래?"

정찬의 말은 사이먼이 여자친구를 만들 때 쓰는 말과 같았다. 이런 게 과거와 미래의 조우인 건가?

나는 정찬의 돌변한 행동에 뭔가 숨기는 것은 없는지 의심

찍었다.

"일단 보류다. 하는 거 보고."

정찬은 그다음부터는 아영이를 놀리거나 괴롭히지 않았다. 자신이 변했음을 증명하기 위해서 친구들에게 잘해주려고 애쓰는 게 보였다.

나의 학교생활은 무난했지만, 학교에서 보내는 시간이 많아 내 임무를 하기 힘들었다. 집에서 예습, 복습은 당연히 생략하고 과제를 하지 않고 다른 아이들이 거의 다니는 학원을 가지 않아도 시간은 부족했고 며칠 동안 KV연구소 근처에도 가보지 못했다. 내가 이러려고 타임슬립한 게 아닌데. 걱정은 하면서도 밤에 이불 속에 누워 스마트폰으로 숏폼을 보다 보면 먼저 본 것과 연관이 있으면서 더 재밌어 보이는 동영상이 계속 떴다. 그러다 보면 밤이 깊어졌고 눈을 뜨면 학교 갈 시간이 코앞이었다.

아영 아빠의 죽음

조회 시간이 다 되도록 아영이가 학교에 나오지 않았다. 전화해도 받지 않아 걱정됐다.

"아영이 아버지가 돌아가셨다. 며칠 결석할 거다."

내 궁금증을 알아채기라도 한 듯 담임선생님이 아영이의 빈자리를 보며 말했다.

아영이는 지금 얼마나 마음 아플까, 마치 누군가가 내 가슴 위에 무거운 돌을 올려놓고 내리누르는 것 같았다.

담임선생님께 빈소가 모셔진 병원을 물어본 나는 수업이 끝난 후에 부리나케 가방을 챙겼다.

"예나, 너 아영이한테 가는 거야?"

정찬이가 뒤에서 뛰어오며 물었다.

"그래, 왜 또?"

"나도 같이 가려고. 아영이에게 미안한 것도 있고."

정찬은 장례식장에 가고 있다는 걸 잊은 듯이 명랑한 목소리로 주절주절 떠들었고 내 옆에 바짝 붙어 걸었다. 나는 정찬의 말이 다른 언어인 것처럼 하나도 귀에 들어오지 않았다.

아영이는 검은 상복을 입고 힘없이 앉아 있었다. 나를 보자 참았던 눈물이 쏟아지는지 어깨를 들썩였다. 나는 가만히 아영이를 안아주었다.

"너는 욕쟁이 할망집 손녀구나. 아영이하고 친구 됐네."

할머니 식당에서 자주 밥을 먹는 KV연구소 아저씨가 나를 아는 척했다.

"아영아, 아빠도 KV연구소에 근무하셨던 거야?"

"응, 거기 실장이셨어."

보이지 않는 손길이 자꾸 나를 KV연구소로 끌어당기는 것 같았다. 아영의 아버지가 KV 연구실장이었다니!

아영이가 나와 정찬을 장례식장 밖으로 끌고 나왔다. 아영이는 장례식장에서 멀찍이 떨어진 곳으로 와서도 주위를 두리번거리다가 조심스럽게 속삭였다.

"뭔가 잘못됐어, 너무 이상한데 나만 이상하다고 생각하는 것 같아."

아영이 설 힘도 없는지 화단 경계석 위에 쪼그려 앉자 나와 정찬도 아영이 옆에 앉았다.

"아빠는 고소공포증이 있거든. 아빠는 그런 사실이 들통나는 게 싫어서 고소공포증을 일으킬 만한 곳은 피하셨어. 절대 그렇게 높은 곳에 올라가서 뛰어내리실 분이 아니야."

"뭐라고? 자살이야?"

정찬이 놀랐는지 큰 소리로 물어봐서 내가 정찬의 허리를 꼬집었다.

"그래, 경찰은 그렇게 보고 있어. 유서가 발견됐거든. 그것도 아빠가 쓴 것처럼 느껴지지 않았어. 말투가 아빠가 아니야."

"죽기 전에 쓰는 거랑 보통 말투랑 다르지 않냐?"

정찬이 자꾸 조심성 없는 말을 했다.

"유서는 나에게 따로 쓴 것도 있어. 아빠가 미안하다는 말을 좀 길게 쓴 다음 마지막 인사로 엄마 말 잘 듣고 아빠가 없어도 공부 열심히 하고 착한 사람이 되라는 말을 썼어. 여기에 전혀 아빠가 할 만한 말이 아닌 게 있는데 바로 공부 열심히 하라는 말이야. 아빠는 공부 열심히 하라는 말 대신 어떻게 공부하느냐가 중요하다고 매일 강조했어. 하고 싶은 공부를 찾아서 깊게 파다 보면 계속 공부할 게 보인다고 말이야. 그리고

'착한'이란 말도 아빠가 쓸 만한 말이 아니야. 아빠는 좀 삐딱한 사람이었어. 착한 사람은 남의 눈치를 많이 봐야 될 수 있다며 착한 사람보다는 삐딱하더라도 창조적인 사람이 되라 그랬어. 그 유서는 아빠처럼 보이기 위해서 너무 신경 썼다고 할까. 어쨌든 그 유서는 아빠가 쓴 것 같지 않았어."

아영의 의문점이 심상치 않았다. 고소공포증과 평소와 다른 어투.

내가 조심스럽게 물었다.

"유서에 자살 이유 쓰셨어?"

아영이 잠시 머뭇거렸다.

"응, 아빠가 다른 여자 만나는 사진이 인터넷에 퍼졌어. 아빠는 옷을 다 벗…… 입지 않고 있었고 여자는 뒷모습만 보였는데 아빠는 앞모습이 찍혔거든. 아빠는 그 사진이 합성된 게 틀림없다고 했대. 엄마도 코웃음 쳤어. 연구에 미친 사람이 어떻게 여자를 만날 시간이 있냐고. 정말 상상도 할 수 없는 일이긴 해. 근데 아빠가 경찰에 신고도 하기 전에 너무 빨리 그 사진이 인터넷에 퍼져서 기자들이 연구소 정문에 진을 치고 난리였대. 더 문제인 건 그 사진이 퍼질 때 연구소 사람들 개인신상이 털렸고 연구하던 데이터도 전부 삭제돼 버렸어. 해킹당한 게 분명해."

"몰래 만나던 여자가 있을지도 모르지 않냐?"

정찬은 아빠 잃은 아영의 가슴에 화살을 꽂았다.

"엄마가 그랬어. 사진 속의 아빠 몸이 아빠가 아니라고 말이야. 엄마가 아빠를 믿고 싶어서 그랬는지는 몰라도… 나도 아빠를 믿어."

가족은 어디까지 믿어야 하는 걸까. 아빠도 친아빠가 아니라는 걸 지금까지 숨겼다. 나중에 말할 예정이었다지만 내가 먼저 알아내는 건 생각지 않은 것 같았다. 가족이 몰랐으면 하는 비밀을 언제까지나 숨길 수 있는 존재가 가족 구성원이 아닐까. 그래도 나는 아영이 편이 되고 싶었다. 또한 KV 연구실장의 죽음은 바이러스 유출과 분명 관련이 있어 보였다.

"그러면 아영이 아빠가 자살이 확실한지 우리가 파헤쳐보자. 아영이 의문이 풀릴 때까지 말이야."

나는 아영이 어깨를 잡으며 말했다. 하루 사이에 아영이는 수척해졌다. 그래도 커다란 몸집에 눈 밑에 다크써클이 생겨서 판다가 앉아 있는 것 같았다.

아영이 다시 학교에 나오자 우리는 어떻게 아영이 아빠 자살을 파헤칠 것인지 의논하기 시작했다.

"아영이 아빠와 같이 근무했던 사람들을 인터뷰해 보자.

아빠에 대한 다큐를 만들고 있다고 하고 제일 가까웠던 연구소 사람들에게 물어보는 거야."

연구소에 들어가면 인터뷰를 통해 바이러스에 대한 정보를 얻고 연구소 분위기를 살필 예정이었다. 연구원들을 만날 절호의 기회였다. 그리고 혹시 친아빠를 만날지도.

"연구하느라 바쁜 사람들인데 귀찮다고 하지 않을까?"

아영이 자신 없다는 듯이 말했다.

"연구원들도 사람이야. 아빠를 잃은 딸의 슬픔을 모른 척하지 못할 거야."

정찬이 내 편을 들고 나섰다.

KV연구소 인터뷰

아영은 인터뷰 허가를 받아냈다. 아빠가 어떤 일을 했는지 알고 싶다는 아영의 말에 허가가 나왔다. 우리는 연구소에 들어가 출입증을 목에 걸고 휴게실로 안내받았다.

"안녕, 애들아?"

식당에 자주 오는 아저씨가 휴게실에서 우리를 맞았다. 그 아저씨는 강치민 수석연구원이고 지금 실장 대행이라고 자신을 소개했다.

"실장님 일에 충격이 컸을 텐데."

강치민 아저씨가 아영의 얼굴을 슬픈 표정으로 바라보았다.

"사실 아빠가 미웠어요. 엄마와 나를 두고 자살한 건 너무 무책임하다고 생각했거든요. 하지만 평생 아빠를 미워하며 살 수는 없을 것 같아요. 아빠가 하던 일을 알고 과학자로서 아빠의 좋은 면을 더 이해하고 싶어요."

"그렇구나. 궁금한 것은 뭐든 물어보거라."

"녹화해도 되나요?"

"물론."

나는 아영의 스마트폰으로 동영상 촬영을 시작했다. 그 전에 내 스마트폰에도 녹음 기능을 켜두었다.

"아빠는 무슨 일을 하셨나요?"

"총책임자였지. 여기에서 연구하는 것에 대해서 말이다."

강치민 아저씨가 자세한 얘기는 피하려는 것처럼 보여서 내가 다시 질문했다.

"어떤 연구였어요?"

강치민 아저씨가 나를 쳐다보다가 잠시 생각하더니 얘기를 시작했다.

"쉽게 말하자면 너희들도 몇 년 전 코로나 바이러스 잘 알고 있지?"

"그럼요, 그때 두 달간이나 학교도 쉬고 외출도 마음 놓고 못 했잖아요."

아영이 그때 생각을 하면 끔찍하다는 듯 목소리를 높였다.

"난 학교 안 가서 좋았는데? 수업 영상은 틀어놓기만 하고 게임은 실컷 하고."

정찬이 말하자 아영이 어이없다는 듯 쳐다보았다.

"우리 연구소에서는 자연에서 생길 수 있는 바이러스를 연구하고 이런 것들이 유행하기 전에 미리 백신을 만든단다. 그것을 데이터베이스화해서 전 세계의 바이러스 연구진들과 공유를 하지. 코로나 바이러스 사태 후 바이러스에 대한 모든 정보는 전 세계가 공유하게 되었어."

"아, 그러면 바이러스가 유행하더라도 미리 그 바이러스에 대한 정보는 물론 백신까지 갖게 되네요?"

아영이가 물었다.

"그렇단다. 가까운 미래에 코로나보다 더 치명적인 바이러스가 생길 거라는 예견들이 많았거든. 한 가지 바이러스에 대해서 공통으로 검증이 확실시된 것은 백신까지 전 세계 국가들이 공동으로 관리하게 되는 거지."

"아빠가 좋은 일을 하셨구나. 저는 아빠가 그런 일 하는 줄 몰랐어요. 매일 바쁘시니까 그런 대화를 할 시간은 없었어요. 그래도 저에게 카톡으로 편지도 쓰곤 하셨어요. 그것만으로도 저는 아빠가 너무 좋았는데, 바보같이, 이런 인터뷰 다 소용없는데……."

아영이는 결국 눈물을 흘리고 말았다. 아영이가 우는 바람에 오늘 인터뷰를 통해서 얻어야 할 것들을 다 얻을 수 없을 것 같아 나는 조바심이 나서 질문했다.

"그럼, 개인정보 유출은 어떻게 된 걸까요?"

강치민 아저씨가 다시 나를 쳐다보았다. 왜 그런 질문을 하느냐는 표정이었다.

"우리 연구소의 결과물을 공유데이터베이스에 올리면서 실장님 사진 파일과 개인신상정보들이 같이 섞여 들어갔단다. 어떻게 그 파일이 섞였는지는 결국 원인을 찾지 못했지. 왜냐하면 결과물을 올린 게 바로 실장님이었거든."

아영 아빠 스스로 합성사진과 개인신상정보를 유출한 셈이었다. 만약 아영 아빠의 자살을 자연스럽게 만들기 위해 누군가 일을 꾸민 거라면.

"아빠가 그 일에 대해 책임지고 자살을 선택했다는 얘기네요."

어느새 눈물을 감춘 아영이 말했다.

"연구소 사람들은 그렇게 생각하고 있단다."

"다른 연구원들도 인터뷰할 수 있을까요?"

"그럼, 연구에 방해되지 않는 선에서 내가 이 휴게실로 보내마. 아영아, 아빠는 훌륭한 분이셨다. 내가 존경하는 분이었지."

강치민 아저씨가 아영이와 악수를 하고 머리를 한번 쓰다

듣은 후 휴게실을 나갔다.

"저 아저씨는 아빠가 자살했다는 걸 조금도 의심하지 않는 것 같아. 나도 이제는 자신이 없어."

아영의 어깨가 처졌다.

잠시 후 여자 연구원이 휴게실로 들어왔다. 할머니 식당에서 몇 번 얼굴을 본 적이 있는 연구원이었다. 여자 연구원은 나를 알아보고 희미하게 미소를 지어 보였다.

"난 실장님과 같은 연구실에 있던 김마리라고 해. 이거 하나씩 마시렴."

김마리 연구원이 음료수 세 개를 탁자 위에 놓았다.

"아빠에 대해 알고 싶다고 했다며? 아빠는 좋은 분이셨어. 내 승진 고과점수가 부족하다는 것을 알고 실장님한테 내정되어 있던 연구발표를 나에게 맡기기도 하셨지. 생각하니까 너무 마음이 아프다. 우리 날도 좋은데, 옥상에서 맑은 공기 마시며 인터뷰하는 건 어떠니? 연구소 안은 너무 답답해서 말이야."

김마리 연구원의 제안에 모두 옥상으로 올라갔다. 옥상에 올라오자 김마리 연구원이 정색하며 말했다.

"휴게실에 CCTV가 있어서 이리로 올라오자고 한 거야. 난 실장님이 자살했다는 거 믿을 수 없어. 뭔가 음모가 있는 것 같아. 그 사진 파일이나 개인신상정보 파일은 실수로 데이터 베이스와 섞일 수 있는 게 아니거든. 누군가 고의로 섞은 거야."

"저도 아빠 자살에 의문점이 있어요. 아빠는 고소공포증이 있었거든요. 그렇게 높은 데 올라가서 자살할 리 없어요."

"그래? 실장님이 고소공포증이라는 건 아무도 몰랐어. 그래서 엘리베이터 타는 걸 싫어하신 건가? 실장님은 운동 삼아 늘 계단으로 다니곤 했거든."

나는 김마리 연구원을 믿을 수 있을 것 같았다. 아영이 아빠의 자살을 의심하고 있기 때문이었다. 응원군을 만난 것처럼 반가웠다.

"그러면 누가, 왜 아영이 아빠를 함정에 빠뜨렸을까요?"

김마리 연구원이 나를 쳐다보고 한숨을 쉬었다.

"그거야 모르지. 실장님 죽음에 대해서 나 말고는 아무도 이야기하려 하지 않아. 연구실은 초비상이야. 우리 연구실 에서 연구하고 있던 래빗 바이러스의 샘플과 데이터가 모조리 사라져서 이 연구는 보류됐고 다른 바이러스를 연구하게 됐어."

"래빗, 토끼요?"

아영이가 눈을 동그랗게 뜨면서 물었다.

"그래, 얘는 아주 귀여운 놈이야. 얌전하게 자연 상태에서 우리랑 공존하고 있지. 그런데 얘가 변종이 되면 귀여운 토끼가 어디로 튈지 모르는 처키가 될 수도 있어. 하지만 지금은 안전하게 가두어진 풀밭에서 얌전하게 풀 뜯어 먹고 있다고나 할까."

인류를 멸종시킨 바이러스 이름은 '사일런스'였다. '침묵'. 이름처럼 인류는 침묵을 지키게 된 것이다. 역사 시간에 '침묵의 봄'에 대해서 선생님이 얘기했다. 살충제, 살균제의 무분별한 사용이 생태계를 파괴해 봄에 노래하고 날아다녀야 하는 야생동물들을 죽음에 이르게 했다는 내용의 책이라 했다. 선생님은 인류가 자신들도 영원히 침묵할 수 있다는 걸 망각하는 오만한 존재라고 침을 튀겼다. 그때 우리는 자기 얼굴에 침 뱉기라며 킥킥거렸다. 사일런스는 감염되면 증상이 아예 없거나 미미했다. 오 년 전에 유행했던 코로나 바이러스는 대한민국에서 진단 키트로 확진자를 격리하고 백신접종으로 감염확산을 막을 수 있었다. 하지만 사일런스는 증상이 없어서 감염자가 감염 사실을 알지 못한 채 여러 사람을 감염시켰다. 조용히 심장을 공격해서 사람들이 가슴을 움켜잡으며 쓰러졌다. 그리고 잠잠해졌다. 침묵.

나는 래빗 바이러스를 무시하고 김마리 연구원에게 질문

했다.

"혹시 사일런스 바이러스라고 들어보셨어요?"

"사일런스? 그런 바이러스는 들어본 적 없어."

"바이러스 이름은 어떻게 정하게 되나요?"

"신종 바이러스인 경우에 ICTV라고 국제바이러스분류위원회에서 명명에 대한 책임을 지게 되지."

김마리 연구원이 돌아가고 휴게실로 장민호 연구원이 들어왔다.

"우와, 잘생겼다."

아영이가 조그맣게 나에게 속삭였다. 나도 그렇게 생각하고 있어서 고개를 끄덕였더니 정찬이 장민호 연구원을 티 나게 쏘아보았다.

"안녕, 애들아. 너희들 덕분에 좀 쉬게 됐구나. 실장님 인터뷰 한다면서?"

"네. 아빠 얘기를 들려주시면 돼요."

아영이가 수줍게 얼굴을 붉히며 말했다.

"실장님은 책임감이 있는 분이셨다. 프로젝트가 생각처럼 풀리지 않으면 가장 먼저 연구실에 와서 가장 나중에 연구실을 나가셨지. 아영 양에게는 아빠를 볼 시간이 별로 없어서 좋은 아빠가 아니었을지 모르지만, 우리 연구원들에게는 모범적인 분이셨어. 너무 극성스럽다 싶을 때도 있긴 하지만. 알잖니? 이렇게 농땡이 피우고 싶을 때 그럴 수 없으니까."

우리는 장민호 연구원을 따라 웃었다.

"혹시 사일런스 바이러스라고 들어보셨어요?"

나의 계속되는 바이러스 질문에 아영과 정찬은 이상하다는 표정으로 나를 쳐다보았다.

"사일런스? 그런 이름의 바이러스는 없는 것 같은데?"

"만약에 연구원님이라면 바이러스에 그런 이름 짓고 싶으세요?"

"에이, 바이러스 이름치고는 너무 촌스럽잖아. 우리가 이름을 지을 수 있는 것도 아니고. 내가 만약 바이러스의 백신을 만들어낸다면 장민호 백신, 이렇게 내 이름을 붙이겠다고 생각한 적은 있지."

아영이가 장민호 연구원에게 질문했다.

"아빠가 왜 자살했을까요?"

장민호 연구원의 표정이 굳어졌다.

"딱 봐도 그 사진은 합성이다. 실장님은 그럴 분이 아니거든. 책임을 지려 하신 것 같아. 개인신상정보 유출도 그렇고 진행하던 연구 데이터가 사라진 것도 그렇고. 사실 실장님 그

문제의 사진 유출보다는 개인정보 유출이나 연구 데이터 유실 때문에 연구소에서 지금까지 진행했던 연구의 신뢰성이 떨어졌다는 게 더 큰 문제였어."

"연구하고 있던 게 혹시 바이러스인가요?"

내가 물었다.

"그래. 우리는 항상 바이러스를 연구하니까."

"조금 더 자세하게 설명해줄 수 있나요?"

"우린 그 바이러스를 가칭 래빗이라고 불렀어. 처음에는 아이스 바이러스였어. 빙하가 녹으면서 그 안에 갇혀 있던 바이러스가 나왔다는 게 연구원들 추측이었지. 그 지방 사람들이 원인 모를 설사병으로 계속 죽어 나갔거든. 백신이 만들어져서 아이스 바이러스는 잠잠해졌는데 그 변종이 나타난 거야. 그게 래빗이란다. 래빗은 아직 바이러스가 퍼졌을 때 증상이 어떻다는 건 밝혀지지 않았지만, 그 주변 지역에서 유의미한 죽음이 생겨난다면 그게 바이러스에 의한 감염 때문에 죽었다고 볼 수 있지."

나는 마리 연구원과 장민호 연구원이 말하는 래빗 바이러스가 인류를 멸망시킨 사일런스 바이러스가 아닐까 의심했다. 래빗의 증상은 아직 나타나지 않았다. 사일런스 바이러스도 처음에 감염됐을 때 아무 증상이 없었다.

"실장님이 개인적으로 연구하던 바이러스 프로젝트도 있나요?"

"실장님도 래빗 바이러스 연구를 하셨지."

"아저씨는 혈액형이 뭐예요?"

내 뜬금없는 질문에 아영과 정찬이 나를 쳐다보았다.

"나? AB형인데?"

나는 실망했다. 엄마 혈액형은 O형이고 내 혈액형도 O형이다. 친아빠일 리가 없었다.

"예나야, 나는 O형."

흐뭇해하는 정찬에게 십만 볼트 전기 눈 화살을 쏘았다.

연구실 사람들을 거의 만나 봤지만, 아영 아빠의 죽음에 우리처럼 의문을 가진 사람은 김마리 연구원뿐이었다. 나는 허탈한 발걸음으로 연구소에서 나올 수밖에 없었다. 그 누구도 친아빠처럼 보이지 않았고, 사일런스 바이러스 생성자라고 의심되는 사람도 찾을 수 없었다. 지금까지 단정할 수 있는 건 아영 아빠가 자살한 게 아니고 살해된 것이라면 연구소 안에서 큰 음모가 벌어지고 있다는 것뿐이었다.

우리는 인터뷰가 끝난 후 분식집에서 떡볶이를 먹었다.

"예나, 너는 케냐에 있을 때 코로나 안 걸렸어? 거기는 더

심했다고 하던데."

아영은 무심히 물어보는 것 같았지만 내 가슴은 벌렁거렸
다. 케냐의 팬데믹 상황에 대한 정보가 나에게는 없었다. 대충
얼버무리고 아영에게 질문을 다시 돌려줘야 했다.

"난 코로나 안 걸렸어. 넌?"

"완전 우리 집 난리 났었어. 외삼촌이 확진자였는데 엄마
가 외할머니댁 갔다가 접촉자가 된 거야. 우리 가족 전부 이
주 동안 자가격리됐잖아. 외삼촌은 클럽 갔다가 확진된 건데
동선에 그게 떠 갖고 SNS 테러당하고 외삼촌 죄인 돼서 우울
증 걸리고. 외삼촌은 아직도 그게 트라우마래."

"완전 부럽. 난 코로나 걸려서 학교 안 가려고 코로나 걸린
애 마스크 빌려 썼는데도 안 걸렸어. 이런 불공평한 세상!"

정찬의 말에 나와 아영이는 어이가 없어서 얘가 제정신인
가 의심의 눈길을 보냈다. 정찬은 아랑곳없이 자기 떡볶이 그
릇에서 삶은 달걀의 흰자와 노른자를 분리한 후 흰자만 남기
고 노른자는 내 떡볶이 그릇에 넣었다.

할머니 집으로 돌아왔을 때, 일 층 식당에는 저녁 식사를
하려는 사람들이 줄을 서서 기다리고 있었다. 빨리 교복을 갈
아입고 할머니를 도와줄 생각으로 이 층으로 뛰어 올라갔다.

방문을 열었을 때 나는 물건들의 위치가 미세하게 변해 있는 것을 느꼈다. 책상 위에 있던 스탠드는 창문 쪽으로 더 다가가 있었고 책들의 위치가 바뀌어 있었다. 서랍을 열었다. 일기장이 없었다. 식당 일이 바빠서 아침부터 이 층에 올라올 짬이 없는 할머니가 방을 뒤졌을 리는 없었다. 또 할머니 성품이 대놓고 내놓으라고 하면 했지, 남의 물건을 뒤질 사람이 아니었다. 누군가 방에 들어와 물건들을 뒤지고 서랍을 열어 일기장을 가져간 게 분명했다.

인터뷰 동영상 속 비밀

"너 얼굴이 왜 우거지상이고?"

일 층으로 내려가자 할머니가 나를 보고 말했다.

"우거지상이 뭐예요?"

"맞다. 너 외국에서 살아서 우거지상이 뭔지 모르겠네. 우거지가 너 김치 알지. 김치는 배추로 만드는 거는 알고? 배추에서 겉쪽을 우거지라 하는 거여. 우거지를 말렸다가 국을 끓일 때도 쓰고 그러는데 이게 말릴 때 우글쭈글 쭈그러드는 모양처럼 얼굴이 쭈그렁 상이 됐다고 해서 우거지상이란 거다. 네 얼굴이 걱정으로 찌그러졌단 말이다."

나는 망설이다 말을 꺼냈다.

"서랍 안에 있던 일기장이 사라졌어요."

"도둑 들었단 말이가?"

할머니가 하던 일을 내팽개치고 이 층으로 올라갔고 내가 따라갔다.

"이상하다. 내 통장이랑 도장은 그대로 있네. 어떻게 네 방만 손을 탔다냐. 그 일기장에 뭐 중요한 게 있었냐?"

내 일기장에 어떤 내용이 있었는지 떠올려 보았다. 내가 미래에서 왔다는 글은 없었다. 그 일기장은 문구점에서 공책들과 필기도구들을 사면서 같이 장만한 것이었다.

"할머니 얘기, 친구들 얘기를 적었을 뿐이에요."

"참말로 이상하네. 도둑이 들었으면 내 방을 뒤져야지 공부하는 아이 방은 왜 뒤지고 일기장만 홀랑 가져가냐 말이다."

경찰에 신고하기에는 잃어버린 물건이 내 일기장밖에 없었기 때문에 문단속을 더 잘하자는 말로 마무리되었다.

아영이와 정찬, 나는 점심을 먹고 교정 벤치에 앉았다.

"우리가 연구소 간 날 있잖아, 내 일기장 도둑맞았어. 너희들은 도둑맞은 거 없어?"

"없는 것 같은데? 난 일기를 여기에 메모하거든."

아영이가 자신의 스마트폰을 가리키며 말했다.

"나는 일기 안 써. 여기에 저장해 두거든."

말하면서 정찬이 자기 머리를 두드렸다.

"이상한 거 모으는 그런 사람 아닐까? 있잖아. 여자 팬티만 훔치는 사람처럼 여자의 일기장만 훔치는 그런 사람이 있을지 모르잖아."

아영이가 몸을 부르르 떨었다.

"일기장 모으는 사람이 있다면 무섭네."

내가 과장되게 눈을 동그랗게 뜨며 말했다. 그런 일회성 사건이었으면 좋겠다는 생각을 했다. 그러나 자꾸만 누군가가 내 정체에 대해 의심하고 관찰하고 있다는 느낌을 떨칠 수 없었다.

아영이 할 말이 생각났다는 듯 불쑥 말을 꺼냈다.

"참, 김마리 연구원이 전화했어. 나를 만나고 싶대. 그래서 내가 우리 세 명이 같이 간다고 했어. 같이 가 줄 거지?"

"교통체증이 심한 도로 옆에 도로 하나를 더 만들면 교통체증은 더 심해져. 교통체증을 없애려면 교통체증이 심한 도로를 없애는 방법밖에 없어. 이게 도로의 역설이지. 아영이 아빠 죽음에 대한 의혹이 커질수록 그 의혹을 없앨 수밖에 없다는 거지. 의혹이 없어질 때까지 나 정찬은 너희들과 끝까지 같이 간다."

"뭐래?"

엉뚱한 정찬의 말에 나와 아영이 웃었다. 정찬이 심각한 목소리로 다시 말을 이었다.

"이제 진실을 얘기할 때가 됐네. 사실 나는 천재야. 천재라는 게 들통나면 우리 엄마가 영재학교니 뭐니 닦달할까 봐 숨기고 있지."

"네 시험 점수가 천재 아니란 걸 증명하고 있거든."

아영이 코웃음 쳤다.

"천재 맞다니까? 시험 점수 나쁘게 유지하는 게 얼마나 힘든지 너희들은 몰라."

정찬이 진짜 억울하다는 듯이 굴었다. 아영이 정찬의 입을 막았다.

"얘들아, 말할 게 있어. 사실은 나, 미래에서 왔어."

갑자기 침묵.

"하하, 야, 예나, 지금 뭐래? 미래에서 왔다고?"

정찬은 심드렁하게 콧구멍을 쑤시며 놀라는 척도 하지 않았다.

"예나야, 넌 허튼소리 할 애가 아니니까 자세하게 얘기해 봐."

아영이는 역시 나를 믿는 친구였다.

"이제 육 개월 후면 KV연구소에서 치명적인 바이러스가 유출되고 지구인들은 거의 멸종해. 살아남은 사람들은 바다

위에서 생활하고 말이야. 나는 바이러스 유출을 막으려고 미
래에서 타임슬립했어."

정찬이 심각한 표정으로 말했다.

"뭐야, 결국 지구 폭망인 거였어? 예나 말 진실인 거 인정.
넌 외계인이 지구인 관찰하듯이 모든 걸 신기하게 바라봤어.
이상하다 싶었지. 사실은 외계인인 줄."

"나도 예나 네가 좀 특별하다고 생각했어. 외국에서 오래
생활해서 그렇다기에는 좀 설명 안 되는 것도 있었고."

"그렇게 티 났어?"

"기억 안 나? 전에 우리가 플라스틱 빨대 쓸 때 말이야. 네
가 일회용품을 안 써도 생활 가능하다며 지구인의 게으름에
대해서 십 분을 얘기했거든."

"혹시 미래에 정찬이라는 아저씨 없냐?"

정찬이 심각하게 물었다.

"없었던 것 같아."

"바이러스 퍼지면 나는 죽는 건가? 천재는 요절한다더니,
아까운 인재가 죽었네. 예나, 그런데 어떻게 너만 온 거야? 바
이러스 유출을 막으려면 전문가도 왔어야 하는 거 아니야?"

"그게 타임슬립에 적합한 유전자를 가져야 하거든. 그게
나야."

나는 괜히 정찬과 아영의 표정을 살폈다. 나는 그들이 내가 바이러스 문제를 해결할 적임자가 아닌 걸 아쉬워할 거라 생각했지만, 아영과 정찬의 표정을 보니 그건 기우였다.

"아빠 연구소에서 바이러스가 유출된다니까 아빠 죽음과 연결이 돼 있는 것 같아. 알고 있는 걸 자세히 말해 줘."

"KV연구소에서 바이러스가 생성됐고 거기서 유출된다는 것밖에 몰라. 네 말처럼 아영 아빠가 죽은 게 바이러스 유출과 분명 관련이 있을 거야."

정찬은 미래의 학교생활에 대해 물었다. 에너지 절감으로 개인은 스마트폰과 인터넷을 쓰지 않는다는 것과 새 상품을 만들지 않고 대부분 재활용해서 사용한다는 말에 정찬은 정말 재미없는 미래라고 딱 잘라 말했다.

나와 아영은 마리 언니를 만나기로 약속한 장소로 가고 있었다. 정찬은 방향이 반대라 직접 약속장소인 카페로 오기로 했다. 아영은 스마트폰으로 숏폼을 보면서 걸었다. 아영이 앞뒤로도 사람들이 계속 폰 화면을 보면서 걷고 있었다. 나는 아직 그런 모습이 적응되지 않았다. 갑자기 뒤에서 헬멧으로 얼굴을 가리고 선글라스까지 쓴 어떤 남자가 아영의 전화를 낚아챘다. 순식간에 일어난 일이었다.

"앗, 도둑이야!"

아영이 소리를 질렀다.

내가 남자를 쫓아갔지만 이미 그 남자는 골목으로 사라졌고 모습이 보이지 않았다. 미리 골목으로 들어갈 것까지 계산해서 휴대폰을 빼앗은 것 같았다. 내 휴대폰으로 경찰에 신고했다.

약속 시각이 지났지만, 커피숍에는 정찬만 앉아서 기다리고 있었다.

"너희들 표정이 왜 그래?"

"오다가 휴대폰 도둑맞았어."

"하, 그거 얼마나 한다고 그걸 뺏어가냐? 명품 가방도 아닌데."

정찬의 말에 나는 아까부터 생각해 온 것을 말했다.

"나도 그게 이상해. 범인은 분명 아영이 전화를 노린 것 같아. 아영이 거에 우리가 연구소에서 동영상 찍은 거 다 들어있잖아. 아영아, 그거 백업해 뒀어?"

"아니, 하려고 했는데 아직⋯⋯."

"그러니까 예나 일기장이나 아영이 폰 모두 같은 사람이 훔쳐갔다고 볼 수 있겠네. 흠, 나는 무서워서 못 건드리나?"

"넌 중요한 거 갖고 있지 않잖아."

"왜 이러서? 내 기억력이 얼마나 뛰어난지 모르는구나. 연구소에서 연구원들이 한 얘기들 다 기억하고 있거든."

티격태격하면서 시간이 많이 흘렀지만, 마리 언니가 오지 않았다. 마리 언니 전화번호는 아영이 스마트폰에 저장돼 있어서 전화해볼 수도 없었다.

"여기 고아영 학생 있나요? 전화 받으세요."

카페 카운터에서 여자가 말했다.

아영이 가서 전화를 받았다. 잠시 후 아영이 걱정하는 표정으로 자리로 돌아왔다.

"마리 언니가 피습당했대. 119에 실려서 병원에 갔고 정신이 좀 나서 나에게 전화했는데 내가 받지 않으니까 여기로 전화한 거야."

우리는 마리 언니가 실려 갔다는 병원으로 향했다. 마리 언니는 응급실에서 치료받고 누워있었다.

"네 바늘 꿰맸어."

마리 언니가 붕대로 싸맨 머리를 가리켰다.

"어떻게 된 거예요?"

"너희들 만나려고 차 타고 오는데 깜박 전화를 놓고 온 거 있지. 그래서 집으로 돌아갔는데 문을 열자마자 뭔가 머리를 쾅 쳐서 내가 정신을 잃었어. 깨어나서 보니까 내 노트북이 사라진 거야."

"얼굴 봤어요?"

"아니, 순식간이라 못 봤어."

마리 언니의 말을 듣던 우리는 서로의 얼굴을 쳐다보았다.

"아영이는 어떤 남자한테 휴대폰 도둑맞았어요."

"같은 놈일까?"

"같은 남자라면 우리가 만나는 시간과 카페에서 마리 언니 집까지 거리나 동선을 다 파악하고 있다는 거잖아."

"생각보다 우리가 큰 걸 건드리는 것 같아."

마리 언니는 말을 하면서 꿰맨 곳이 당기는지 얼굴을 찡그렸다.

"너희들 되도록 혼자 다니지 말고 붙어 다녀라."

"넵, 아영이와 예나는 제가 지키겠습니다."

정찬이 갑자기 큰 소리로 대답하는 바람에 간호사들과 응급실 환자들이 고개를 돌려 우리를 바라봤다.

"범인이 얼굴을 드러내지 않으니까 범인을 우리 쪽으로 유인하자."

정찬이 말했다.

"어떻게?"

"우리가 아주 중요한 걸 가진 것처럼 행동하는 거야. 범인이 궁금해서 제 발로 우리를 찾아오게 하는 거지."

"좋은 생각 같기는 한데. 위험하지 않을까?"

아영이 불안한 표정으로 말했다.

"애들아, 사실은 저번에 연구실에서 아영이 폰으로 동영상 찍을 때 나도 몰래 녹음했거든. 그런데 범인은 그건 몰랐어. 아영이 전화만 노린 거 보면 범인은 연구실에서 있었던 일을 잘 아는 사람, 그러니까 연구원 중 한 명 같아."

내 말에 아영이와 정찬은 연구실에서 만났던 연구원들을 곰곰이 생각하는 눈치였다. 그러나 그 당시에도 의심 가는 연구원이 없었기 때문에 우리의 생각은 미궁에 빠질 뿐이었다.

"그러면 그 음성 파일을 나에게 보내. 너는 삭제하고. 내가 중요한 음성 파일을 가진 것처럼 행동할 테니까."

정찬의 폰에 내 음성 파일을 전송한 뒤에 나에게 있던 음성 파일을 지웠다.

"그런데 범인한테 네가 음성 파일 갖고 있다는 걸 어떻게 알리지?"

아영의 말에 정찬이 잠시 생각하다가 대답했다.

"연구소에서 우리가 만났던 연구원들에게 전화하는 거야.

핸드폰 잃어버렸다고 하고 음성 파일은 남아있는데 인터뷰 중 궁금한 게 있어서 전화했다고 하는 거지."

"알았어. 범인은 내 일기장까지 훔쳐가는 놈이니까 분명 음성 파일 미끼를 물 것 같아. 음성 녹음한 것을 다시 잘 들어 보자. 여기에 우리는 놓쳤고 범인은 말하지 말아야 할 것을 말한 게 있을지 모르니까."

우리는 아무도 없다는 정찬의 집으로 향했다.

"먼저 예나가 녹음한 것을 내 노트북에 다시 백업시키고⋯⋯."

정찬이 자기 방을 열었다가 급하게 문을 도로 닫았다.

"잠깐, 아침에 내가 급하게 나가서 말이야. 오 분만 기다려."

정찬이 방에 들어가 문을 닫았다. 우당탕거리는 소리가 났다. 정찬이 방문을 열었다. 정찬은 급하게 움직였는지 씩씩거리는 소리를 냈다. 침대 옆으로 옷가지와 만화책들이 정리되지 않은 채 한 무더기 쌓여있는 게 보였다.

"나 남사친 방에 처음 들어와."

"나도."

나와 아영이 신기한 듯이 정찬의 방을 훑어보았다.

"부끄럽게 왜 그러냐?"

백업이 끝나고 정찬은 스마트폰의 음성 파일을 열었다. 인터뷰한 연구원들의 얼굴을 떠올리며 음성 파일에 귀를 열고 들었지만, 특별히 이상한 점을 발견할 수가 없었다. 음성 파일을 다 듣고 나서 아영이와 정찬도 그런 모양인지 아무 말이 없었다.

　"그냥 아영이가 딸이니까 아영이 폰에 뭐라도 있을지 모른다고 생각한 게 아닐까?"

　"아영아, 아빠 폰은 어떻게 됐어?"

　"어? 아빠 거? 그건 못 찾았어."

　"참, 아영이 아빠가 건물로 올라가는 CCTV 영상 있지 않을까?"

　정찬이 큰일을 해낸 것처럼 의기양양한 표정으로 물었다.

　"경찰관들이 그 영상 확인했어. 아빠가 엘리베이터를 타고 건물 옥상까지 간 것이 확실하다고 했어."

　"맞아, 그러니까 너는 아빠가 고소공포증으로 엘리베이터를 타지 않는데 탔다고 하니까 더 의심하는 거라 그랬지?"

　"혹시 사람이 죽음을 앞두면 평소에 하지 못하는 일도 하게 되고 그렇지는 않을까?"

　정찬이 자신 없는 목소리로 말했다.

　나는 무엇인가 커다란 것이 머리에 가득 차는 느낌이었다.

엘리베이터를 타는 사람은 아영 아빠가 아니고 다른 사람이 아닐까. 그것은 나에게 실체를 드러내려 하는 어둠 속의 실루엣처럼 보였다. 나는 소리쳤다.

"아영아, 넌 아빠 CCTV 영상을 보면 그게 아빠인지 아닌지 알 수 있지?"

"얘들아, CCTV 영상은 누가 와서 보여주세요, 하면 아, 그러세요, 여기 앉아서 보시죠, 이렇게 보여주는 게 아니란다."

경찰관이 가소롭다는 듯이 우리를 쳐다보았다. 그 경찰관은 내 고모를 알아봐 준 아저씨였다.

"아빠의 마지막 모습이에요. 전날 아빠랑 성적 때문에 말다툼했어요. 화해의 뜻으로 아빠에게 줄 선물도 마련했는데 아빠는 내 사과도 받지 못하고 그렇게 가신 거라고요. 아빠에게 지금이라도 작별 인사를 할 수 있게 해주세요."

아영은 눈물까지 흘렸다. 나는 아영이가 연극을 하는 것인지, 실제 그런 일이 있었는지 헷갈렸지만, 아영이의 눈물은 경찰관을 움직였다. 연극이라면 훌륭한 배우였다.

"나 참, 알았다."

경찰관이 영상을 틀었다. 아영이 아빠가 건물로 들어와 로비를 거쳐 엘리베이터로 향했다. 아영이는 그 영상을 보며 말했다.

"아빠, 잘 가. 아빠, 그곳에서는 속상한 일 없이 행복하기만 바랄게."

괜히 듣는 내 눈시울이 뜨거워졌다. 아빠 생각이 났다. 지금 아빠는 내 걱정으로 잠을 못 주무실까. 나라면 아빠를 한눈에 알아볼 수 있을까. 미래에서 비상훈련이 있어서 갑판으로 그레이스 호 사람들이 피신했을 때 여러 사람 속에서 나는 금방 아빠를 찾았다. 제복을 입고 있어서는 아니었다. 갑판에는 제복을 입은 사람들과 사복을 입은 사람들이 섞여 있었지만 나는 갑판에 올라오자마자 아빠를 한눈에 찾았다. 보이지 않는 끈이 아빠와 나 사이를 연결해 주는 것 같았다.

경찰서를 나온 아영은 마음을 추스른 것 같은데도 한참 말이 없었다. 뭔가를 골똘히 생각하는 눈치였다. 정찬은 땅바닥에서 나뭇가지를 주워 가지를 뚝뚝 부러뜨리다가 피보나치 수를 이용하면 6번째 항에서 직사각형 넓이가 104라고 엉뚱한 혼잣말을 했다. 어디서 읽거나 들은 것으로 이런 순간에도 잘난 척하고 싶은 정찬을 보니 어이가 없었다. 만약 내 어깨에 무거운 짐이 없다면 나도 정찬처럼 아무 걱정 없이 이 세계에서 농담이나 할 수 있을까.

아영이 마치 앞쪽에 맨홀 뚜껑이 열린 걸 알려주려는 사람처럼 갑자기 몸을 휙 돌리며 말했다.

"CCTV의 남자는 절대 아빠가 아니야."

"헉, 레알?"

정찬이 놀란 것 같았지만 나는 이 사실을 예감했기 때문에 담담한 기분이었다.

"그렇다면 네 엄마도 알아보지 않았을까?"

내가 아영에게 물었다.

"엄마는 이 영상 보지 못했을 거야. 엄마가 확인한 건 아빠 시신이었어. 시신이 아빠 확실하니까 CCTV는 볼 생각 안 했을 거야."

"근데 아까 왜 울었어?"

"아빠 생각하니까 그냥 눈물 났어. 아빠 얼굴은 맞아. 근데 걸음걸이나 전체 모습, 모든 게 좀 이상해. 아빠 얼굴에 아빠 옷을 입고 머리 모양도 비슷하지만 아빠가 아니야. 아빠 얼굴로 가면 쓴 사람 같았어. 그건 진짜 정말로 아빠가 확실히 아니야."

CCTV 속 남자는 아영 아빠가 아니고 빌딩에서 떨어진 사람만 아영 아빠라면 CCTV 남자는 누구일까? 아영 아빠는 타살된 걸까?

"혹시 너네 집안에 숨겨진 흑역사 있는 거 아닐까? 쌍둥이 동생이 있다 카더라, 카더라······."

정찬의 말에 아영이가 한마디로 박살 냈다.

"소설 쓰냐?"

우리는 주말에 정찬의 집으로 모였다. 정찬의 부모님은 도심지에서 가게를 하는데 주말에 쉬지 않고 월요일이 휴무일이었다. 친구네 집에서 숙제한다고 했는데도 할머니는 자꾸 전화를 걸어왔다. 할머니가 나를 못 믿는 것 같다고 푸념하자 정찬이 말했다.

"그거 고마워해라. 너한테 관심 있고 신경 쓴다는 거잖아. 넌 관심이 여러 곳에 분산돼 있어서 할머니한테 신경 쓰지 못하지만, 할머니는 지금 관심의 초점이 오로지 너한테 쏠렸다는 거잖아."

의젓한 소리를 하는 정찬이 낯설었다. 그런데 듣고 보니 맞는 소리였다. 우리가 있는 동안 정찬의 부모님은 정찬에게 한 번도 전화하지 않았고 간식이나 점심도 준비해둔 게 없었다. 할머니는 내가 집에 늦게 갈 때도 항상 간식거리나 밥을 챙겨주셨다. 친할머니도 아닌데 나에게 신경 써주는 것에 대해서 나는 너무나 당연하게 받아온 것 같았다.

아영은 연구소의 연구원들에게 차례대로 전화하기 시작했

다. 아영이 전에 연구소에서 인터뷰할 때 잘 모르는 것은 나중에 물어보겠다며 연구원들의 전화번호를 적어 온 게 큰 도움이 되었다. 우리의 전화 목적은, 동영상은 없지만 정찬에게 녹음 파일이 있다는 걸 알리는 것이었다. 동영상이 들어있는 아영의 휴대폰을 연구원 중에서 누가 훔쳐갔다면 녹음 파일이 있다는 말에 반응할 것이다. 아영이 새 휴대폰을 스피커로 돌려서 연구원이 하는 이야기를 나와 정찬도 들을 수 있었다.

"장민호 연구원님, 저, 아영인데요. 네, 맞아요. 그때 도움 주셔서 감사해요. 그런데 제가 휴대폰을 잃어버렸어요. 그런데 저랑 같이 갔던 남학생 있잖아요. 정찬이라고 있는데 얘가 혹시나 해서 음성 녹음을 했더라고요. 네, 다행이죠. 그때 하신 말씀 중에 연구실에서 진행하던 프로젝트가 어떤 건지 다시 말씀해 주실 수 있어요?"

"우리가 하던 연구 프로젝트는 말하자면 자연에서 바이러스를 미리 찾아내서 사전에 백신을 만들어두는 일이란다. 실장님은 모든 바이러스에 항체를 생성하게 하는 백신의 아이디어를 생각해냈고 그 연구를 계속해왔어. 하지만 어느 정도 진척이 있다가 막혔단다."

모든 바이러스에 항체를 생성하는 백신.

나는 수첩에 그 말을 적고 밑줄을 그었다.

그런 백신이 있다면 사람들이 백신 접종을 받고 바이러스 감염 걱정 없이 살 텐데.

하지만 그런 백신은 아직 존재하지 않고 바이러스 유출 시기는 점점 다가오고 있다. 모래시계에서 모래가 빠져나가는 모습을 계속 쳐다보고 있는 것처럼 조바심이 일었다.

"마리 언니한테도 전화해야 할까?"

연구원들에게 전화를 모두 걸고 나서 아영이 물었다.

"확실히 하려면 예외를 둬서는 안 될 것 같은데?"

정찬의 말에 아영과 내가 고개를 끄덕였다.

"네, 마리 언니. 몸은 괜찮으세요?"

"응, 이젠 참을 만해. 머리가 약간 아프긴 하지만. 걱정해 줘서 고맙다."

"참, 휴대폰 도둑맞아서 인터뷰 동영상이 없어졌다고 했잖아요. 그런데 정찬이 녹음을 해뒀더라고요. 그래도 녹음한 건 있어서 다행이지 뭐예요."

"그래? 정말 다행이구나."

마리 언니는 우리 안부를 묻는 등 소소한 이야기를 하다가 전화를 끊었다.

정찬은 일부러 휴대폰을 손에 쥐고 다녔다. 그러나 정찬의 휴대폰을 노리는 사람은 없었다.

"우리가 잘못 짚은 건 아닐까? 범인은 녹음 파일에 녹음된 내용이 아니라 동영상에 찍힌 무언가를 두려워한 게 아닐까?"

정찬이 말했다.

"동영상에 찍힌 건 연구원들 인터뷰인데 그건 우리가 음성 파일에서 내용 확인했잖아. 그럼 쪼그만 휴게실뿐인데 무엇이 노출돼선 안 된다는 거지? 나는 통 모르겠어."

아영이 말에 나도 같은 생각이었다. 동영상 녹음 내용이 문제가 아니라면 어떤 장면이 찍혔길래 범인이 동영상을 훔쳐야 했는지 동영상을 볼 수밖에 없는 문제였다. 그러나 동영상은 범인의 손에 있고…….

"얘들아, 그때 마리 언니가 휴게실에 CCTV가 있어서 우리를 옥상으로 데리고 간 거였잖아. 휴게실 CCTV를 보여달라고 하자."

우리가 연구원들을 인터뷰할 당시의 휴게실 CCTV를 보여달라는 아영의 말에 후임 연구실장인 강치민 연구원은 난처한 표정을 지었다.

"왜 그 CCTV를 보려는 거니?"

"전화로 말씀드렸지만 제 휴대폰을 도둑맞아서 그때 찍은 동영상을 볼 수가 없어요. CCTV에 무엇이 있는지 보게 해주세요."

연구실장은 아빠를 잃은 아영이의 애처로운 표정을 보다가 잠시 생각하더니 허락했다.

우리는 CCTV 화면을 뚫어져라 쳐다보았다. 연구원들을 인터뷰하는 모습이 찍혔고 마리 연구원이 들어와서 옥상에서 인터뷰하자는 얘기에 네 명이 나가는 모습이 화면에 잡혔다.

잠깐만!

나는 CCTV를 앞으로 돌려달라고 말했다. 휴게실 거울에 어떤 사람이 지나가는 모습이 비친 장면이 있었다. 연구실 가운을 입고 있었고 보통보다는 큰 마스크를 썼다. 그러나 걸음걸이와 분위기가 낯익었다. 나는 그 남자가 경찰서 CCTV에서 본 그 남자임을 의심치 않았다. 정찬과 아영도 내가 영상을 돌리고 그 장면을 다시 보는 의도를 알아차린 듯했다. 우리는 서둘러 감사하다는 인사를 하고 연구소에서 나왔다.

"으, 소름!"

정찬이 몸을 부르르 떨었다.

"이제 아빠는 죽은 게 확실하고 아빠 흉내 내는 누군가가 연구소까지 왔다 갔다는 거잖아."

생각 외로 아영은 침착했다.

CCTV 속 남자는 이 연구소의 연구원일까. 하지만 아영 아빠가 죽은 상황에서 같은 얼굴을 하고 연구소에서 일하지는 못할 것이다. 연구원인 것처럼 변장하고 우리 뒤를 따라왔다가 거울에 자신의 모습이 비친 걸 알고 동영상이 있는 아영의 휴대폰을 훔쳤을 것이다. 이게 더 설득력 있는 추리였다.

친구들과 헤어져 집으로 돌아왔다. 할머니는 저녁 식당 일을 마치고 이 층에 올라와 있었다.

"예나야, 보충수업 있다고 그랬지? 힘들지 않니?"

할머니에게 미안한 마음이 들었다. 아영이네와 만나면서 할머니가 걱정하지 않게 보충수업 때문에 늦는다고 둘러댔기 때문이다.

"할머니, 식당 일 바쁘죠?"

"그런 거 아니다. 너 공부 게을리하고 할머니 식당 일 걱정해서 일찍 오고 그러면 안 된다. 그건 내가 바라는 게 아니야."

"네."

"예나가 꼭 내 손녀 같다. 내가 항상 기도했거든. 내가 잘 돌볼 테니 불쌍한 아이 점지해 달라고. 그래서 너를 처음 만났을 때 난 기도발이 먹힌 줄 알았지."

"할머니, 저 불쌍한 아이 아닌데요?"

103

"네가 왜 불쌍 안 하냐? 부모 다 죽었지, 그 멀리서 비행기 타고 찾아온 고모도 죽었지. 난 네가 이 세상에서 제일 불쌍하다."

나는 할머니를 안았다. 할머니 특유의 시큼한 냄새가 났지만, 그런 할머니의 냄새도 좋았다. 할머니만 모를 뿐이지 과거로 타임슬립했을 때 할머니를 처음 만난 것은 나에게 큰 행운이었다.

가끔은 나에게 지워진 큰 짐에 대해 할머니한테 말하고 싶은 충동을 느끼기도 했다. 그러나 할머니에게까지 걱정을 안겨드리고 싶지 않았다.

요한 아저씨의 정체

고양이 울음소리에 깼다. 새끼고양이 같았다. 무시하고 그냥 잘까 했지만, 고양이 울음이 계속 들렸다. 잠을 자지 못할 것이 분명했다. 일어나 밖으로 나왔다. 건물 일 층 화단에 하얀색 새끼고양이가 울고 있었다. 고양이를 안았다.

"엄마를 잃어버린 거니? 여기서 운다고 엄마를 찾을 수 있겠어?"

그때였다. 누군가 내 코를 수건으로 막았고 나는 까무룩 정신을 잃었다.

나는 의자에 묶여 있었다. 내 앞에는 아영이 아빠 얼굴을 한 남자가 앉아 있었다. 아영이 아빠의 가면을 쓴 것도 아니었다. 사진과 영상 속에서 여러 번 봐서 익숙한 남자의 얼굴은 아영 아빠 얼굴을 하고 있지만 다른 남자란 게 소름 돋았다.

"여기가 어디예요? 이거 풀어주세요."

"너는 누구냐? 겉으로는 친고모를 찾으러 아프리카에서 왔다고 하지만 넌 출입국에 아무런 흔적이 없어. 아니, 넌 이 세계에 아무런 흔적이 없었어. 도대체 넌 누구냐?"

남자는 무표정하게 나를 바라보며 말했다. 나는 혼란스러웠다. 내 뒷조사까지 한 남자에게 두려움이 앞섰다.

"내가 진실을 말한다 해도 아저씨가 나를 어떻게 할지 알 수 없는데 내가 왜 말해야 하죠?"

나는 두려움에 지지 않기 위해서 남자의 눈을 똑바로 바라보았다. 남자의 얼굴이 일그러졌다.

"난 이 세상에 존재하지 않는 사람이다. 나는 살아있지만 내 얼굴이 죽은 사람의 얼굴이기 때문이지. 그래서 나는 숨어서 살아야 한다. 단지 진실을 알고 있다는 것 때문에."

"무슨 진실요?"

"좋다. 내가 하나를 말하면 너도 한 가지씩 말해라."

"좋아요. 어떻게 아영 아빠 그분 얼굴인 거죠?"

"그놈들은 아영이 아빠를 먼저 죽여놓고 자살로 위장하기 위해서 내가 필요했던 거야. 내 얼굴을 그 사람 얼굴로 바꾼 걸 보면 오래전부터 치밀하게 계획했어. KV연구소 실장이 자살하러 빌딩으로 들어가는 모습이 필요해서 한 사람의 얼굴을 바꾼다는 미친 발상을 한 위험한 놈들이야. 이제는 네 차례다. 너는 대체 누구냐?"

나는 망설였다. 하지만 진실을 얘기하는 편이 더 나을 것 같았다.

"좋아요. 저는 미래에서 왔어요. 정확히는 2051년요."

"정말이니? 네 눈을 보니 거짓말인 것 같지는 않구나. 2051년엔 시간여행이 가능하다는 얘기구나."

"우린 타임슬립이라 해요. 타임슬립은 2036년부터 가능했어요. 특별하게 타임슬립을 견딜 수 있는 유전자를 가진 사람만 타임슬립이 가능해요. 그런 유전자를 가진 사람이 나인 거죠. 이제는 아저씨 차례예요. 아저씨는 어떻게 그놈들에게 잡힌 거예요?"

"나는 국제바이러스법인 소속 요원이란다. 나는 특수 임무를 띠고 KV연구소를 주시하고 있었단다. 바이러스는 우리와 항상 같이 존재해왔어. 하지만 코로나 바이러스처럼 전 세계를 패닉 상태로 몰고 갈 수도 있는 위험한 바이러스가 존재하고 앞으로도 어떤 치명적인 바이러스가 인류를 멸종시킬지도 모를 일이잖아. 한 독지가가 설립한 국제바이러스법인은 바이러스를 연구하는 연구소들을 지원하기도 하고 감시하기도 하는 역할을 했어. 코로나 바이러스가 중국 우한의 연구소에서 유출됐던 과거가 있으니까. 나는 KV의 바이러스 연구를 주시하라는 임무를 맡고 염탐하던 중이었는데 무언가에 얻어맞고 정신을 잃었지. 낯선 방에서 깨어나 보니 이 얼굴이었다. 얼마나 시간이 흘렀는지도 몰랐다. 거울에 비친 얼굴은 내가 염탐하던 연구소 실장의 얼굴이었어. 미친 사람처럼 소리를 지를 수밖에 없었지. 그러다 내가 깨어날 걸 알기라도 한 것처럼 전화가 울렸다. 진실을 알고 싶으면 당장 삼진빌딩 옥상으로 올라오라는 내용이었다."

"삼진빌딩이라면 아영이 아빠가 자살한…….."

"그래, 나는 그 빌딩 엘리베이터를 타고 옥상으로 올라갔는데 옥상에는 복면을 쓴 두 사람이 있었고 그 사람들은 나를 제압한 후에 나와 똑같은 옷을 입은 사람을 밑으로 떨어트렸다.

"아저씨를 아영이 아빠 자살에 이용만 한 거네요."

"그래. 정신을 차렸을 때 나는 야산에 결박당한 채 묻혀 있었다. 내가 죽을 줄 안 거지. 그들은 내가 거기서 살아서 빠져나올 줄은 몰랐을 거야. 나를 과소평가한 거지."

나는 꽁꽁 묶인 밧줄을 풀어내며 무덤 속에서 솟아나는 아저씨를 상상했다. 갑자기 아저씨가 대단해 보였다.

"아저씨가 속해 있는 거기 찾아가서 도움을 청하면 되잖아요?"

"알아보니 거기는 테러를 당해 사무실이 폭파됐더구나. 다른 요원들과도 연락이 안 되고. 경찰에 신고할까도 생각했지만 내가 아는 게 없는 상태에서 이 얼굴을 하고 찾아갈 수는 없었다. 연구소 실장의 자살은 며칠 계속 방송에서 떠들어대고 있었어. 나는 숨어 지내면서 해결할 방도를 찾기로 한 거다."

"그럼, 그 사람들이 누군지 모른다는 거죠?"

"안 되지. 이제 네가 대답할 차례다. 왜 여기로 온 거냐?"

"치, 하나 더 대답해주면 어디 덧나요? 좋아요. 진실을 알면 아저씨도 깜짝 놀랄 거예요. 육 개월 후에 인류가 거의 멸종해요. 사일런스라는 바이러스 때문이에요. 초대장을 받고 크루즈호에 탄 사람들이 살아남은 마지막 인류가 되고요. 저는 사일런스 바이러스가 유출되는 걸 막으려고 온 거고요, 그 바이러스는 KV연구소에서 유출되는 게 맞고요."

아저씨는 놀란 얼굴이 됐다가, 실망의 얼굴이 됐다가, 의심이 가득한 얼굴이 되는 등 변화무쌍한 감정에 휩싸인 표정이 되었다.

"왜 그러세요?"

"어떻게 미래 사람들은 너를 보낼 수 있지? 그냥 과거를 포기한 건가? 도와주는 시늉만 하고 자기만족 하려고? 네가 무얼 할 수 있다고, 이런 조그만 여자아이를……."

아저씨의 마지막 말은 거의 신음에 가까웠다.

"저를 무시하는 거예요? 저, 아이 아니거든요. 청소년이면 몰라. 저는 뭐 오고 싶어서 온 줄 아세요? 타임슬립에 맞는 유전자가 저밖에 없는 걸 어떡해요."

엄마 얘기를 하면 이야기가 복잡해지므로 나는 엄마 얘기는 생략하기로 했다.

"그러니까 인류의 운명을 네 손에 맡겼단 말이지."

아저씨는 다시 실망하는 빛을 감추지 않았다.

"이제는 제가 질문할게요. 아저씨가 속해 있는 단체에선 왜 KV연구소를 지목한 거예요?"

"코로나 바이러스 팬데믹 이후에 전 지구적으로 바이러스 연구에 협력조약이 맺어졌다. 바이러스 연구에 대해서는 투명하게 공개되고 있지. 연구와 백신 사이의 차이를 무시하면 무시할 수도 있는 일이지만 우리 단체에서는 조금의 의혹이라도 남겨두고 싶지 않았던 거지. 진행하는 바이러스 연구와 백신까지 완결한 바이러스의 숫자 사이에 차이가 있는 연구소는 모두 주시한 거야. KV연구소만 지목한 건 아니었다."

"알았어요. 이젠 어떻게 하죠? KV연구소에서 사일런스 바이러스가 유출될 것이라는 건 미래에서 알아낸 거지만 지금은 어떤 단서도 찾을 수가 없어요."

"무서운 일이 진행되고 있다는 건 사실이야. 벌써 연구실장이 자살로 위장돼 죽었고 내 얼굴이 그 사람 얼굴로 바뀌었잖아."

"혹시 내 일기장 훔치고 아영이 전화 빼앗고 마리 언니 폭행한 사람도 아저씨인 거예요?"

"미안하게 됐다. 일기장은 네 정체를 알기 위해 슬쩍했다. 그리고 너희들이 부지런히 경찰서를 찾아가고 연구소를 찾아가는 게 내 뒤를 캐고 있는 게 확실해서 동영상 찍을 때 거울에 비친 내 모습이 걸렸다. 그래서 동영상 찍은 폰을 빼앗아야 했어. 그 마리라는 연구원은 연구실장과 밀접하게 연결된 것 같아서 찾아갔던 거야. 마리 연구원이 분명 집에 없는 줄 알았어. 그날 그럴 의도가 아니었는데 갑자기 집에 들어와서 어쩔 수 없었단다."

"정말 특수요원답네요. 저는 예나예요. 아저씨 이름은 뭐예요?"

"나는 요한이다."

"지금부터 요한 아저씨라 부를게요."

내 얼굴이 엄마를 많이 닮았다던 주위의 말이 생각났다. 그 레이스 호에 사는 사람들은 나를 만나면 점점 엄마를 닮아간 다는 말을 인사처럼 했다. 그 말을 들으면 엄마는 죽은 사람이 지만 내 안에 같이 살아간다는 느낌이었다. 하지만 요한 아저 씨는 닮았다는 게, 아니 똑같이 생겼다는 게 악몽인 삶이 돼버 렸다.

요한 아저씨는 재개발로 철거 예정인 아파트에 숨어 살고 있었다. 그 집에서는 주위가 잘 보여 숨어있기에 알맞았다. 요 한 아저씨가 말한 것처럼 문을 세 번 두드리고 난 후 두 번 두 드리고 한 번 두드려도 요한 아저씨가 문을 열지 않았다. 만나 기로 약속한 시각에 문을 이렇게 두드려도 열지 않으면 우리 뒤를 미행하는 사람이 있다는 암호였고 요한 아저씨는 다른 곳으로 이미 피신해 있다는 뜻이었다. 그러면 우리는 철거 예 정 아파트에서 놀다가 가는 청소년들처럼 행세하기로 돼 있 었다.

"떨린다. 연극해야 하는 거잖아."

아영이 속삭였다.

"조용히 해 봐. 어떻게 놀지?"

아파트 안으로 들어간 정찬이 스마트폰에서 음악을 틀었다.

"이건 내가 만든 곡이야."

정찬이 음악에 맞춰 춤을 추면 나와 아영이가 그것을 따라 했다. 정찬은 절도 있게 노래에 맞춘 동작을 했고 나와 아영이는 그것을 따라 하느라 연극이라는 것도 잊어버리고 빠져들었다.

"자, 여기서 손을 위로 한 번 올렸다가 내리면서 점프!"

바람에 구르는 낙엽
한데 모여 온기 나누네
너는 나의 배경
나는 너의 배경

빠른 랩을 부르던 정찬이 나를 바라보았다. 가슴 한쪽에 작은 등불이 켜진 듯 열기가 느껴졌다. 정찬의 안무를 몇 번 반복하자 땀이 났다.

우리가 같은 노래에 맞춰 댄스를 여러 번 반복하고 있을 때 요한 아저씨가 문을 열고 들어왔다. 요한 아저씨가 마스크를 벗고 얼굴을 드러냈다.

"꺄악!"

아영이 비명을 지르며 입을 틀어막았다.

"아빠 아니지?"

요한 아저씨가 아니라며 고개를 흔들었다. 아영의 얼굴에 실망이 어렸다.

"그런데 정말 아빠랑 닮았어요. 저는 아영이에요."

"괜히 내가 미안하구나. 아빠가 아니어서. 숨어 사는 처지라 앉을 만한 데가 없지만, 편히들 앉아라."

우리는 라면 상자를 바닥에 깔고 앉았다.

"정말 쩐다. 아저씨는 특수요원이라면서요?"

아저씨를 뜯어보며 정찬이 말했다.

"아저씨를 이렇게 만든 사람들이 바이러스를 유출할 놈들인 건 확실한 것 같아. 이제 어떻게 하죠?"

내 말에 모두 진지한 표정이 됐다.

"내가 살아있다는 걸 알면 그놈들은 나를 기어이 다시 죽이려 할 거다. 그들이 무슨 꿍꿍이인지 알아내서 막아야 하는데 나는 아영 아빠의 얼굴을 하고 있어서 비밀리에 움직일 수밖에 없단다. 너희들이 나를 도와줬으면 좋겠구나."

"참, 아저씨가 아영이 폰 훔쳐가고 마리 누나 노트북도 가져갔다면서요? 마리 누나는 아영이 아빠 자살이 의심스럽다고 하면서 우리를 도와주고 있는데 왜 마리 누나 노트북을 가져간 거예요?"

"내가 조사할 때는 마리 연구원이 연구실장과 제일 가까워 보였으니까 무슨 단서가 있을 것 같았다. 그런데 마리 연구원도 아영이 아빠의 죽음을 의심한단 말이지?"

요한 아저씨가 잠시 생각하는 눈치였다.

"얘들아, 당분간은 마리 연구원에게 나에 대해서 말하지 않는 게 좋겠다. 나는 지금 너희들 말고는 아무도 믿을 수가 없다."

"마리 언니가 확실히 우리 편인지 확인할 겸 요한 아저씨 정체를 말하는 건 어때요?"

정찬이 말했다.

"그러다 혹시나, 그럴 것 같지는 않지만, 마리 언니가 요한 아저씨를 쫓는 무리와 한패라면 그때는 어떡할 거야? 요한 아저씨가 살아있다는 거 안다면 분명 다시 죽이려 할 거잖아."

아영이 얼굴을 찌푸렸다.

"어쨌든 확실히 하는 게 나을 것 같아. 요한 아저씨가 생각이 있어서 먼저 말 꺼낸 거 맞죠?"

내 말에 요한 아저씨가 끄덕였다.

"너희들이 나를 노출시키면 마리 연구원이 어떤 방식으로든 움직일 거다. 만나겠다고 하거나 나를 제거하려고 하거나. 나는 충분히 마리 연구원을 제압할 수 있다. 나를 제거하려고 한다면 여러 명이 덤빌 수 있는데 마리 연구원을 따라붙는 일당들이 있는지 없는지는 신중하게 살펴보면 될 것 같다."

우리와 요한 아저씨는 마리 연구원에게 어떻게 전갈을 할 것인지, 만나겠다고 하면 어디서 만날 것인지 계획을 짜고 실행에 옮기기로 했다.

마리 언니 대 요한 아저씨

"마리 언니, 우리 중요하게 할 얘기가 있어요."

마리 언니와 우리는 분식집에서 만났다.

"너희들, 괜히 떡볶이 먹고 싶으니까 나를 꼬드기는 건 아닌지 몰라."

"에이, 그럴 리가요. 제가 내겠습니다. 엄카 있어요."

정찬이 카드를 꺼냈다.

"호호, 너희들 정말 귀엽다. 그러면 내 꼴이 뭐가 되겠니? 애들 푼돈이나 갈궈 먹는 못된 어른이 된단 말이야."

정신없이 떡볶이와 김밥, 튀김을 먹어대는 우리를 보면서 마리 언니는 웃었다. 돼지처럼 먹는다는 것은 계획에 없었지만 먹을 것을 앞에 두자 먹는 것에 진심인 학생들이 되었다.

"사실은 언니에게 할 말이 있어서 불렀어요."

아영이가 주저하면서 말했다.

"뭔데, 말해 봐."

마리 언니는 티슈로 입가를 닦으며 물었다.

"아영이 아빠를 만났어요."

내 말에 마리 언니가 놀라며 무슨 영문인지 모르겠다는 표정을 지었다.

"우연히 길을 가는데 아영이가 아빠 하면서 어떤 사람을 쫓아갔어요. 우리도 덩달아 쫓아가면서 물어보니까 분명 아빠가 맞다는 거예요. 정찬이 달리기가 좀 빠르거든요. 그 사람을 쫓아갔고 그래서 잡았어요. 아영이가 아빠라고 부르면서 막 우니까 그 사람이 놀라운 얘기를 했어요."

"그래서?"

마리 언니가 다그치듯이 얘기를 재촉했다.

"그 아저씨는 자기 이름은 요한이고 국제바이러스 법인의 요원이래요. KV연구소를 비밀리에 감시 중이었는데 습격당했고 깨어나 보니 자기 얼굴이 아니고 아영이 아빠 얼굴이 돼 있었다는 거예요. 자기네한테 걸림돌인 요한 아저씨를 그냥 죽이지 않고 아영 아빠 얼굴로 바꿔서 빌딩 안으로 들어가는 알리바이를 만든 거예요. 요한 아저씨는 이렇게 아영이 아빠의 자살 쇼에 이용당하고 나서 파묻혔는데 간신히 탈출해서 숨어 지낸다고 했어요."

나는 요한 아저씨를 만난 부분만 꾸며내고 숨김없이 다 털어놓았다. 그것은 요한 아저씨가 바라던 바이기도 했다. 요한 아저씨는 마리 연구원에게 믿음을 주기 위해서 진실도 털어놓을 필요가 있다고 했다.

"실장님은 타살이 맞았구나."

마리 언니의 표정이 어두워졌다.

"요한 아저씨를 만나보시겠어요?"

"그게 좋을 것 같다. 자세한 얘기도 들어볼 겸."

"지금 요한 아저씨는 철거 예정인 빈 아파트에 숨어있어요. 거기에서 가까운 카페에서 만나겠다고 했어요."

우리는 요한 아저씨와 미리 계획한 대로 다음 날 저녁 5시에 카페에서 만날 약속을 하고 마리 언니와 헤어졌다. 요한 아저씨는 지금 있는 곳을 포기하고 다른 곳을 물색해야 하지만, 이미 의심을 산 은신처를 이 기회에 바꾸겠다고 말했다.

만약 마리 언니가 아영이 아빠를 살해한 괴한들과 한패라면 날을 넘기기 전에 요한 아저씨가 숨어있던 아파트로 찾아갈 것이 분명했다. 우리와 요한 아저씨는 아파트 입구가 보이는 곳에 숨어서 입구를 계속 주시했다.

'마리 언니가 아영 아빠를 죽인 사람들과 아무 관계도 아니

라면 좋겠어.'

어둠이 내리자 아파트 입구를 향해 세 명의 사람들이 접근하기 시작했다. 나는 가슴이 철렁했다. 믿었던 마리 언니가 나쁜 놈들과 한패라는 게 믿기지 않았다. 가슴이 아리면서 눈물이 나려고 했다. 세 명의 그림자는 특수한 훈련을 받은 사람들처럼 민첩하게 아파트 안으로 들어갔다. 잠시 후 허탕을 친 세 명은 다시 아파트 입구로 나와 재빨리 사라졌다.

"이것으로 마리 누나가 그놈들과 한패라는 게 증명된 거네."

정찬이 기운 빠진 목소리로 말했다.

"혹시 마리 언니는 이 일과 상관없고 저 사람들이 아파트로 들어온 것은 우연일 수도 있잖아요."

아영은 못내 마리 언니를 믿고 싶은 모양이었다.

"믿고 싶지 않을 때는 가장 단순한 게 답일 때가 많아. 내가 숨어있는 곳을 말하고 얼마 없어 어둠을 틈타 괴한이 침입했다면 그건 우연이라 보기 힘든 거지."

요한 아저씨의 말에 아영은 그렇게 믿었던 마리 언니가 자신의 아빠를 죽인 사람들과 한패라는 것이 충격인 모양이었다. 나도 충격을 받았는데 아영은 더 그랬을 것이다.

"지금이라도 마리 연구원의 정체를 알았으니 어떻게 할지 플랜을 짜보자."

요한 아저씨의 말에 우리는 얼굴을 마주하고 바짝 다가앉
았다.

마리 언니와 요한 아저씨가 만나기로 약속한 시각이 되었
다. 요한 아저씨를 잡으려다 실패한 사람들이 마리 언니와 같
이 움직일까 봐 카페에는 나와 아영만 앉아 있었다. 카페 밖에
서 요한 아저씨는 마리 언니를 따라온 미행이 없는지 확인한
후 정찬과 함께 정찬네 집에 가 있기로 했다.
마리 언니가 우리 주변을 두리번거리며 걸어왔다.
"요한 아저씨는 다른 곳에 있어요. 요한 아저씨가 의심이
많아서 만날 장소를 바꿨어요. 마리 언니와 같이 거기 갈 건데
요. 아저씨가 언니 휴대폰을 끄고 오래요. 위치 추적이 될 수
있다면서요."
마리 언니는 고개를 갸웃하다가 선선히 자신의 휴대폰을
잠금 해제한 다음 우리에게 건넸다. 나는 마리 언니의 휴대폰
을 길게 눌러 껐다. 정찬이 마리 언니 뒤에 미행이 없고 혼자
움직이고 있다는 카톡을 보냈고 우리는 자리에서 일어섰다.

모자를 푹 눌러쓰고 얼굴을 거의 가리는 마스크를 썼던 요
한 아저씨가 모자와 마스크를 벗었다. 마리 언니는 요한 아저

씨 얼굴을 보자 얼어붙었다.

"정말 실장님 얼굴이랑 똑같네요. 죽었던 사람이 살아온 줄 알았어요."

마리 언니는 정말 놀란 것처럼 보였지만 아영 아빠의 자살을 꾸밀 정도의 사람들과 한패라면 그런 감정을 연극하는 것도 쉬울 것 같았다.

"우리가 누나를 의심하지 않도록 솔직히 얘기해주세요."

정찬은 최대한 미안한 표정과 목소리를 만든 것 같았다.

"뭘 솔직히 얘기해달라는 거니?"

"얘들이 당신에게 내가 있는 곳을 말하자마자 내가 숨어있던 곳으로 괴한들이 나타났어요. 어떻게 설명할 겁니까?"

요한 아저씨가 험악한 표정을 지으며 말했다. 우리에게는 보여주지 않았던 표정에 내 몸이 오그라드는 것 같았다.

마리 언니는 당황한 표정을 거두고 날카로운 눈매로 요한 아저씨를 쳐다보았다.

"그건 우연의 일치일 수 있죠. 그것 한 가지만으로 내가 그자들과 한패라고 할 수는 없어요. 내가 실장님을 죽인 조직과 한패가 아니란 걸 증명할게요. 나는 실장님이 제일 믿었던 연구원이었어요. 실장님은 위험을 느끼고 나에게 전화했었어요. 내가 녹음해 둔 게 있으니까 들어보면 나에 대한 의심이 풀릴 거예요. 내 전화 줘."

내가 요한 아저씨에게 어떻게 하냐는 눈빛을 보내자 요한 아저씨가 고개를 끄덕였다. 나는 마리 언니의 폰을 꺼내 전원을 켜고 마리 언니에게 가져갔다. 마리 언니가 재생 버튼을 누르자 아영 아빠의 목소리가 흘러나오기 시작했다.

 -이 통화 녹음 버튼 누른 거지, 마리 씨!
 -네, 녹음 켰어요. 실장님, 무슨 일이에요? 녹음을 다 하라 그러
  고?
 -내가 위험에 처한 것 같아. 아까부터 계속 미행당하고 있어. 그
  놈들 말을 듣는 게 아니었는데. 나랑 똑같이 생긴 놈이 나 대신
  연구실에 나타날지도 모른다고. 마리 씨는 세심하니까 내가 아
  니란 거 눈치챌 거야. 하지만 누가 마리 씨 말을 믿어주겠어?
  그때는 이 녹음을 들려줘.
 -실장님, 실장님! 거기 어디예요?

음성 녹음에선 아영 아빠의 거친 숨소리와 발소리만 들리다가 끊겼다.

"아빠, 아빠!"
아영이가 마리 언니의 스마트폰에 대고 외쳤다.

"이 녹음이 내가 실장님을 죽인 사람들과 같은 편이 아니라는 증거예요."

우리는 마리 언니의 말이 옳다고 고개를 끄덕였다.

"이제 알겠니? 실장님은 협박을 받고 있었어. 통화가 끝난 후 다시 연결을 시도했지만, 그다음부터는 전화가 되지 않았고 그날 밤에 실장님이 투신자살했다는 뉴스가 떴어. 나는 이 녹음 내용을 경찰에도 제보했지만, 경찰은 자살로 확정지어 버렸고. 실장님은 죽기 전에 이미 자신과 얼굴이 똑같은 사람이 있다고 했어. 저 사람 말하고 다르지 않니? 실장님이 죽는 시점에 요한 씨가 나타난 게 아니라 그 전부터 있었다는 거잖아. 나는 당신이 더 의심스러운데요. 어떤 조직이 있고 그 조직에서 실장님을 자살로 위장해 죽이기 위해서 당신을 페이스오프 했다고 했는데 그 조직에선 왜 그렇게 시간이 걸리는 복잡한 방법을 쓸까요? 당신은 이해되나요?"

마리 언니가 요한 아저씨를 쏘아보았다. 요한 아저씨가 다급하게 손을 휘휘 저었다.

"나도 여러 번 들었던 의문인데 실장님을 자살로 위장하기 전에 나를 페이스오프 시켜서 실장님 대신 뭔가를 하게 하려던 게 아닐까 짐작하고 있습니다. 그 기억은 없습니다만, 그 일이 끝난 후 실장님 자살에 나를 써먹었을 겁니다."

"영화에서 보니까 사람을 조종할 수 있는 약물이 있었어요. 좀비약!"

정찬이 슬그머니 말했다.

나는 요한 아저씨의 말을 듣자 KV연구소에서 개인정보가 유출될 때 연구소의 연구 데이터까지 삭제된 게 아영 아빠의 얼굴을 한 요한 아저씨의 짓일 수도 있다고 추측했다. 하지만 정말 기억이 없는 게 맞을까.

"그렇게 얘기하니까 요한 씨 당신은 그 조직과 아무 관련이 없고 피해자 같지만 그건 당신의 주장일 뿐이에요. 당신이 실장님을 죽이고 자발적으로 페이스오프 했을 수도 있잖아요."

나와 아영, 정찬은 마리 언니와 요한 아저씨의 공방을 핑퐁 경기를 보듯이 말하는 사람 쪽으로 고개를 돌리며 들었다. 마리 언니의 말을 들으면 마리 언니의 말이 맞는 것 같고 요한 아저씨의 말을 들으면 요한 아저씨의 말이 맞는 것 같았다.

"내가 실장님을 죽인 쪽의 사람이라면 군이 왜 이 얼굴로 숨어 지내겠습니까? 다시 제 얼굴로 돌아갔을 텐데요."

우리는 아무래도 모르겠다는 표정으로 서로를 쳐다보았다.

"우리는 마리 언니나 요한 아저씨 두 분 다 믿고 싶어요. 우리만으로는 범인들을 찾을 수 없을 테니까 말이에요. 어쨌든 인류를 멸종시킬 바이러스는 마리 언니네 연구소에서 생성돼서 유출됐고 우리는 그것을 막아야 해요."

"우리 연구소에서 바이러스? 인류 멸종? 그게 무슨 말이야?"

마리 언니는 사일런스 바이러스에 대해 전혀 모르는 것처럼 깜짝 놀란 얼굴이었다. 나는 마리 언니에게 내가 미래에서 왔다는 긴 얘기를 했다. 마리 언니는 믿을 수 없다는 표정으로 아영과 정찬, 요한 아저씨를 쳐다보았다. 그들의 표정에서 내 말이 모두 사실인 걸 알아채고 마리 언니는 나에게로 다시 고개를 돌렸다.

"바이러스가 언제 퍼진다는 거니?"

"이제 육 개월도 안 남았어요."

"우리 연구소에서 그 바이러스가 퍼진 거라면 누군가가 비밀리에 그 바이러스를 생성하고 있을 거야. 어떻게 하면 그걸 알 수 있을까. 그런데 요한 씨가 소속된 그 단체에서는 왜 우리 연구소를 주목하게 된 거죠?"

"공유하게 된 바이러스 백신의 데이터가 다른 연구소에 비해 저조했기 때문입니다. 가장 많은 바이러스 연구를 하고 있고 세계적인 인력이 있는 곳인데 공유하는 데이터는 저조했지요. 뭔가 빼돌리는 게 있다는 게 우리 단체의 의견이었습니다."

"그런 의심을 살 수도 있겠군요. 그런데 우리 연구소는 바이러스 연구를 하고 물론 그 백신 개발도 했지만 모든 바이러스에 적용될 슈퍼 백신을 만드는 것에 더 힘을 실었어요. 실장님이 주도적으로 지휘했는데 무에서 유를 창조하는 작업과 마찬가지였죠. 실장님은 연구실에서 살다시피 했지만, 래빗 바이러스에서 우리의 연구는 거의 진척이 없었어요. 당연히 공유할 데이터가 부족할 수밖에 없었어요. 그것마저도 지금은 다 사라져 버렸고요."

마리 언니는 침울한 목소리로 다시 말했다.

"내가 연구소 안에서 다른 연구원들을 잘 살펴보긴 하겠는데 지금까지 아무도 눈치채지 못한 걸로 봐서 앞으로도 알아내기 힘들지 몰라."

아빠를 만나다

"밥맛 없니?"

할머니가 밥을 깨작거리는 나를 쳐다보며 말했다. 할머니에게도 털어놓을 수 없는 말들이 머릿속에 꽉 차 머리가 아플 지경이었다. 그 아픔이 넘쳐나는지 눈에서 눈물이 쏟아졌다.

"할머니한테 못 할 말이 뭐 있니? 말해버려라. 말하고 나면 후련해질지도 모르지."

나는 터질 듯한 마음을 할머니에게 얘기했다. 그리고 할머니에게 모두 털어놓았다. 나는 미래에서 왔어요!

"알고 있다. 네 엄마는 내 양딸이었다. 그러니까 네가 내 진짜 손녀란 말이다."

눈물이 그렁그렁한 눈으로 할머니를 쳐다보았다.

"무슨 말씀이세요?"

"네 엄마가 밥 먹으러 여기 왔을 때 젊어서 죽은 내 딸이 살아 돌아온 줄 알았다. 그렇게 닮을 수가 없었지. 그래서 친해지기 시작하고 내가 수양딸 삼았지. 내가 왜 그 시간에 거기 나갔겠냐? 네 엄마가 미래로 가기 전에 나중에 거기 누가 올 거라니까 갔지. 너를 처음 보자마자 손녀인 줄 알았다. 너는 엄마랑 많이 닮았단다."

"그러면 친아빠가 누구인지도 아시겠네요?"

"잠깐만, 네 엄마가 찍은 사진이 있단다."

할머니가 사진 한 장을 보여줬다. 폴라로이드로 찍은 사진엔 엄마와 어떤 남자가 있었다. 남자는 미래에 있는 아빠의 젊을 때 모습 같았다. 나는 떨리는 목소리로 물었다.

"친아빠 이름이 뭐였어요?"

"백도경."

"……."

"뭐가 잘못됐니?"

"이분은 미래의 사령관이고 저를 키워주신 아빠예요. 제가 친딸이 아니라고 직접 말했어요. 유전자 검사도 다 했는데 왜 친아빠가 아니라고 나왔을까요? 또 아빠는 타임슬립할 수 없는데 어떻게 과거로 왔는지 모르겠어요."

"네 아빠는 백도경이 맞다. 네 엄마가 분명히 말했어."

믿고 싶지 않은 사실과 맞닥뜨렸을 때 어떻게 하라는 건 교육 매뉴얼에 없었다. 타임슬립한 엄마는 미래 생존자와 마주칠 수 없으니 사진 속 아빠는 과거의 실제 인물이 아니라 미래에서 넘어온 사람이라는 뜻이었다. 나는 생각했다. 아빠가 유전자까지 조작했다면 친아빠가 아니라고 사람들이 믿게 할 필요가 있었던 것이다. 나는 평소에 무척 청소에 신경 썼던 아빠를 떠올렸다. 아빠는 칫솔을 항상 휴대하고 다녔다. 이에 자꾸 음식이 껴서 갖고 다니며 수시로 닦아야 한다는 아빠의 말을 나는 의심하지 않았다. 그게 내가 유전자 분석기 과제를 할 걸 미리 알고 평소에 대비한 게 아니었을까. 아빠는 머리빗에 자신의 머리카락 대신 남의 머리카락을 심어두었을 것이다.

엄마가 나를 임신한 채 미래로 넘어왔다면 아빠의 친딸이라는 게 그레이스 호 사람들에게 설명이 되지 않는다. 그래서 아빠는 나를 친딸이 아닌 것으로 만들어야 했다.

"이상하구나. 백도경은 네 엄마랑 같이 여기에 있었단다. 그런데 네 엄마나 나나 백도경이 미래에서 왔다고 생각하지 못했구나."

엄마가 미래로 타임슬립했을 때 아픈 엄마를 보살펴 준 게 아빠라고 했는데 엄마는 과거에 있던 아빠가 미래에 있어서 놀라고 절망했을 것이다. 아빠는 미래로 온 엄마가 자신의 비밀을 말할 수 없도록 옆에서 감시했던 걸까. 아빠는 엄마를 진짜 사랑하긴 했던 걸까?

사진 속 엄마 얼굴에서는 빛이 났다. 내가 추모 방에서 본 모습보다도 훨씬 아름다웠다. 사진의 분위기만으로도 두 사람은 정말 서로를 사랑하고 있구나 하는 느낌이 들었다. 그러나 아빠의 사랑은 거짓이었을까?

"정말 이해가 안 돼요. 바이러스를 찾아내 파기하라는 임무를 준 아빠가 전에 과거로 타임슬립했다는 걸 왜 숨겼을까요?"

나는 그 답을 이미 알 것 같았다. 아빠가 바이러스를 퍼뜨렸거나 그런 사람들과 한패라는 걸.

"글쎄다. 엄마가 여기 있었을 때 미래에서 엄마를 뒤따라온 거라면 엄마 하는 일을 방해하려 한 것일 게다. 그래도 네 엄마는 좀 이상한 걸 느꼈는지 모른다. 왜냐하면 나를 백도경에게 소개하지 않았거든."

아빠의 얼굴을 떠올리며 막막한 기분이 들었다.

"아빠가 바이러스를 퍼뜨리려 한다는 걸 엄마도 알았을까요, 할머니?"

"그랬을 거다. 마지막 헤어질 때 미래에서 오는 네가 답을 알고 있을 거라 하더구나. 여자아이라면 예나라고 이름 짓겠다고도 했지. 그러면서 절대 네 엄마를 안다는 것도 네가 미래에서 왔다는 것도 아는 척하지 말라고 했단다. 위험해질 수 있다면서 말이다."

"엄마는 나를 낳다가 돌아가셨어요. 나에게 답을 줄 시간이 없었어요. 나는 결국 바이러스를 막지 못할 거예요."

"난 잘 모르겠구나. 그래도 너를 믿고 가만히 잘 들여다보렴. 그러면 답이 보일지도 모르지."

할머니의 말을 곰곰이 생각해보았다. 엄마는 왜 내가 답을 갖고 있다고 했을까. 바이러스가 지구에 퍼지는 것을 막으려면 바이러스를 없애야 하는데 아빠가 바이러스를 먼저 찾으면 아무 소용이 없다. 바이러스는 지구에 퍼지고 인류는 바다 위에서만 살아남게 될 것이다. 나는 풀리지 않는 수수께끼를 안고 잠이 들었다.

아영이를 만나려고 집을 나섰다. 골목길에 폐지를 실은 리어카가 있고 리어카 주변에는 폐지들이 떨어져 있었다. 리어카에 실려 있던 폐지들이 줄이 풀리면서 바닥으로 떨어진 모양이었다. 어떤 할아버지가 떨어진 폐지들을 힘겹게 리어카 위로 올렸다. 리어카 앞에는 승용차가 세워져 있었다. 승용차에 운전자와 사람들이 타고 있는데 아무도 나와서 도와줄 생각을 하지 않았다. 나는 리어카 쪽으로 달려가 할아버지와 같이 폐지를 주워 리어카 위로 올려주었다.

"학생, 고마워."

문득 할아버지가 누군가를 많이 닮았다는 생각이 들었다. 확인할 새도 없이 갑자기 승용차 문이 열리며 어떤 남자가 나를 차 안으로 낚아챘다. 남자가 내 입에 수건을 갖다 댔고 나는 정신을 잃었다.

정신이 들자 주위를 두리번거렸다. 제일 먼저 눈에 띈 것은 등을 돌리고 밖을 내다보고 있는 사람이었다. 비록 뒷모습이었지만 나는 그가 누군지 모를 수가 없었다.

"아, 아빠!"

아빠가 천천히 나를 향해 돌아섰다. 아빠 눈썹이 꿈틀거렸다.

"예나야, 오랜만이다. 모든 것을 알고 있는 표정이구나."

그레이스 호에서는 아빠와 마주 볼 때 어떤 표정을 지어야 하나 전혀 생각해본 적이 없었다. 그러나 지금 나는 아빠에게 어떤 표정이어야 하나 고심하고 있었다.

"아빠가 친아빠인데 왜 저한테는 아니라고 했어요?"

"그건 내가 너에게 친아빠인지 아닌지는 상관이 없었기 때문이다. 나는 누구보다도 우리 딸을 사랑하고 그 마음은 변하지 않을 거니까."

나는 웃픈 표정이 절로 지어지는 것 같았다.

"아빠가 진짜 바이러스를 퍼뜨린 범인이에요? 저는 정말 믿을 수가 없어요."

"너에게 다른 미래를 만들어주고 싶었기 때문이다."

"아빠가 만들어주고 싶은 미래가 어떤 건데요? 사람들이 다 죽고 선택된 사람들만 바다에서 고립돼 살아가는 거요?"

"이 세상은 이미 썩었다. 사람들은 불평등한 삶에 고통당하고 약자는 어떻게 해도 삶의 주인공이 될 수 없는 시스템이지. 그리고 인간이 지구에 어떻게 했는지 봐라. 내가 바이러스를 퍼뜨리지 않았어도 지구는 빠르게 오염되고 온난화로 끓고 결국 지구는 기후 변화로 멸망했을 거다. 코로나 팬데믹 때 인간들이 집에 갇힌 덕분으로 일시적으로 강은 깨끗해졌고 숲은 다시 푸르게 우거졌다. 지구가 인간이 없는 상태에서 자생력을 회복하면 인간은 다시 육지에서 새 삶을 시작하면 된다. 그때는 잘못을 다시 범하지 않고 자연과 더불어 행복하게 살아가는 삶을 이어가는 거다."

나는 아빠의 말을 들을수록 거기에 빠져드는 느낌이었다. 그러다가 고개를 세차게 흔들었다.

"그건 아빠의 착각이에요. 아빠가 신이라도 돼요? 배에 타도 되는 사람들은 어떻게 선별하는데요? 전문가들은 그렇다 해도 배를 만들고 움직이려면 돈이 많이 들 텐데 아주 비싼 승선료를 낼 수 있는 사람만 배에 올랐을 거 아니에요? 아빠는 불평등한 삶을 얘기하면서 또 다른 불평등을 만들어냈어요. 그리고 아무도 아빠에게 지구의 미래를 맡기지 않았어요. 사람들은 그들 나름으로 지구를 살리기 위해서 노력했을 거고요. 그게 속도가 좀 더딘 것이지 아무것도 하지 않은 건 아니잖아요. 아빠는 아빠 욕심으로 무리한 속도를 냈고 사람들을 더 큰 불행에 빠트렸어요. 육지에 발을 들여놓지 못하고 그레이스 호의 연료는 바닥났고요."

아빠가 씁쓸하게 웃었다.

"연료 문제는 곧 해결될 거다. 우리 예나, 제법이구나. 잘 컸다. 엄마가 봤으면 대견해 했을 거다."

"엄마는 아빠 계획에 반대했어요. 그래서 아빠가 여기에 직접 올 수밖에 없었던 거죠?"

"맞다. 아빠를 도와주는 척하면서 뒤통수를 친 거야. 너를 여기 보낸 건 엄마가 숨겨놓은 합성식을 찾기 바랐기 때문이지. 너는 엄마를 닮아서 똑똑하고 정의감이 넘치니까 바이러스 퍼지는 것을 막기 위해서 바이러스 합성식을 어떻게든 찾을 거라 생각했거든."

"엄마가 존경스럽네요. 아빠와 다른 생각을 해서. 그럼, 이 제 저는 제 할 일 못 했으니 빠져도 되는 거죠?"

"그건 아니다. 저기를 좀 보렴."

아빠가 벨을 누르자 문이 열리면서 축 늘어진 아영과 정찬 이 남자들에게 이끌려 들어왔다.

"아빠, 도대체 무슨 짓을 꾸미려는 거예요? 저 애들은 내 친 구예요. 건드리지 말라고요."

"목숨에는 아무 지장이 없다. 이제 저 애들을 살리려면 네 가 바이러스 합성식을 찾도록 노력을 좀 해야 하지 않을까."

"아빠는 아빠가 옳다고 생각할지 모르지만, 괴물이야, 괴 물이 되고 말았어."

나는 정말 아빠가 불쌍해 보였다. 아빠만 자신이 괴물이 돼 버렸다는 걸 모르는 것 같았다.

"어떻게 불러도 괜찮다. 이게 지구를 위하는 최선이다."

아빠의 신념은 고집스럽게 꾹 입을 다문 조개처럼 단단 했다.

"바이러스 합성식만 찾으면 되는데 왜 아영이 아빠는 죽였 어요? 아빠에겐 사람 목숨이 파리 목숨보다 못한 건가요?"

"아영 아빠는 래빗 바이러스가 활성화하면 인류가 감당할 수 없는 바이러스라는 걸 직감하고 그 사실을 알리려 했다. 무책임한 사람이지, 그 혼돈을 어떻게 감당하려고. 아영 아빠를 제거해야 했고, 그의 명망과 신뢰도를 떨어뜨리기 위해서 야비하지만 불온한 합성사진도 쓸 수밖에 없었다."

그렇다면 래빗 바이러스의 데이터를 모두 없앤 건 아영 아빠 자신일까. 아빠가 찾지 못하도록 엄마는 래빗 바이러스가 활성화할 수 있는 합성식을 숨겨버린 걸까. 그런데 엄마가 미래로 돌아온 후에 바이러스는 퍼지고 인류는 멸망했다. 또 다른 누군가가 바이러스를 퍼뜨린 걸까. 나는 계속되는 의문으로 머릿속에 몇천 마리 해파리가 뒤엉켜있는 것 같았다.

"하루 주겠다. 너는 이미 합성식이 어디 있는지 알고 있을 거다."

나는 "왜 나한테 모두 이미 알고 있을 거라 말하는 건지 모르겠네요."라고 말을 하려다가 입을 다물었다. 어쩐지 할머니와의 일은 아빠가 모르는 편이 나을 것 같았기 때문이다. 엄마가 타임슬립했을 때 아빠도 같이 과거로 넘어와 엄마가 임무를 수행할 수 없도록 방해했다는 사실을 내가 알고 있다는 것도. 미래에서 나는 아빠에게 어떤 비밀도 다 털어놓을 수 있었는데 지금의 아빠에게는 비밀을 만들 수밖에 없다.

"지금까지 못 알아냈는데 어떻게 하루 만에 알아내라는 거예요? 차라리 여기서 친구들과 같이 있는 게 낫겠어요."

나는 화가 나서 발로 바닥을 쿵쿵 치기까지 했다. 아영과 정찬이 깨어났다.

"여기가 어디야? 어, 예나야."

아영이 큰 소리로 나를 불렀다. 정찬은 조심스럽게 주위를 살펴보고 있었다.

"아영아, 정찬아, 괜찮아?"

"응, 괜찮은 것 같아. 너는?"

이제 친구들의 목숨은 내 손에 달렸다고 생각하니 나약한 모습을 보이고 싶지 않았다.

"응, 나도 괜찮아. 내가 꼭 너희들을 구해줄게. 조금만 참아."

나는 아빠를 무섭게 한 번 쏘아본 후에 아빠 부하와 함께 집을 나섰다. 뒤에서 정찬이 큰 소리로 무어라 외치는 소리가 들렸다. 우리는 괜찮으니까 도망치라고 말하는 것 같았다.

나는 마리 언니와 요한 아저씨에게 전화해보기로 했다. 그런데 아무도 통화가 되지 않았다. 나는 그 둘이 혹시 다른 곳에 잡혀 있거나 심한 경우 죽지 않았을까 걱정이 되었다. 나는 지금도 아빠를 용서할 수 없지만, 만약 아영이나 정찬, 마리 언니, 요한 아저씨가 잘못되면 아빠를 어떻게 할지 상상할 수가 없었다.

부디 그런 일이 없기를. 나에게 이 문제를 해결할 힘이 있기를.

바이러스 합성식이 어디 있는지 내가 알고 있다고 말한 게 무슨 의미인지 할머니에게 다시 물어보기로 했다. 정확히 어디 있는지 알아야 친구들을 구할 수 있다고 할머니를 설득해야 했다.

식당에는 할머니 혼자 뒷정리를 하고 있었다. 나는 할머니를 도와 의자들을 안으로 집어넣고 바닥을 마포로 닦았다.

"이모는 어디 가셨어요?"

"응, 갑자기 아들이 어디 다쳤다고 해서 내가 먼저 퇴근하라 그랬다."

"할머니, 아무래도 바이러스 합성식이 어디 있는지 모르겠어요. 할머니는 그게 어디 있는지 알잖아요. 제발 가르쳐주세요."

잡혀 있는 정찬이와 아영이 생각에 눈물이 날 것만 같았다.

"예나야, 무슨 일 있는 게구나."

내 목소리가 평소와 다르다는 걸 눈치챈 할머니가 나를 의자에 앉혔다.

139

"사실은 아빠가 여기에 있어요. 제 친구들을 잡아놓고 있어요. 바이러스 합성식이 어디 있는지 찾지 않으면 친구들이 위험해요."

"네 엄마가 미래로 가면서 뭔가를 가져간다고 했던 것 같은데. 그래, 그래, 그걸 네 가까운 데 둔다고 했단다. 엄마에게서 받은 거 없니?"

나는 잠시 생각해보았다.

"맞아요. 이번 생일에 받은 스웨터가 있어요. 엄마가 돌아가시기 전에 제가 성년이 되면 주라고 스웨터를 맡겼다고 했어요. 그건 미래에 있어요. 세상에나, 아빠는 바이러스 합성식이 자기 손에 있었다는 걸 정말 몰랐단 말이에요?"

"등잔 밑이 어둡다잖니, 엄마가 그걸 자기에게 넘기는 줄은 꿈에도 몰랐던 거지. 이걸 알면 네 아빠는 너를 다시 미래로 보낼 텐데. 이 일을 어쩌냐."

아빠는 분명 합성식을 갖고 오라고 나를 미래로 보낼 것이다. 다시 바이러스가 퍼질 테고 바다 위에서 살아가는 미래를 갖게 되겠지. 합성식인가 뭔가가 미래에 있다면 그대로 놔두는 게 좋을 것이다.

나는 할머니의 얼굴을 빤히 쳐다보다가 말했다.

"하지만 제 친구들을 위해서 제가 미래로 가야 해요. 아빠

명령을 따라야 친구들이 안전해요."

할머니는 슬픈 표정을 지었다.

"네 엄마가 그렇게 애썼는데 네가 위험해지는구나."

"할머니는 제가 잡혀 있다면 저를 모른 척하실 거예요?"

"아니지. 나는 너를 구하려고 무슨 짓이든 하겠지."

"저도 친구들을 모른 척할 수 없어요. 이제 아빠를 만나러 갈게요. 할머니 한번 안아봐도 되죠?"

나는 할머니를 꼬옥 안았다. 과거로 처음 왔을 때 맞아준 할머니와 헤어지기 싫었다.

"예나, 너 돌아오지 않을 작정이구나."

할머니의 마지막 목소리는 낮은 울음소리가 돼 잘 들리지 않았다.

아빠가 내 친구들을 잡아두고 있는 곳은 밖에서 보면 평범한 가정집이었다. 누군가가 안에 들어와 보더라도 사람들이 잡혀 있다고 의심할 만한 공간이 아니었다.

나는 아빠와 단둘이 방에 남았다.

"바이러스 합성식이 어디 있는지 알아낸 모양이구나."

"네. 그 전에 물어보고 싶은 게 있어요. 아빠는 당연히 저보다 합성식이 더 중요한 거겠죠?"

"사랑에는 여러 가지 방식이 있지. 나는 예나, 너를 누구보다 사랑한다. 얼마 동안은 힘들겠지만 결국 좋은 세상이 열릴 거다. 나는 너에게 새로운 지구를 보여주고 싶은 거다."

"아무도 원하지 않는데 억지로 이것이 좋다고 안기는 건 폭력이 아닌가요?"

"지금은 아빠를 이해할 수 없을지도 몰라."

아빠를 물끄러미 쳐다보았다. 바이러스 합성식을 이미 손안에 넣었다고 생각하는지 아빠의 표정은 어느 때보다 밝았다. 햇빛을 반사하는 금속의 밝음이 눈을 찌르듯이 아빠의 밝은 표정은 내 마음을 찔렀다.

'아빠, 저는 미래로 가면 다시 여기로 오지 않아요.'

"합성식은 어디 있지?"

아빠가 궁금증을 참을 만큼 참았다는 듯이 빠르게 말을 꺼냈다.

"아빠, 합성식은 미래에 있어요. 엄마가 내 생일선물로 짰다던 스웨터 있죠? 그 안에 들어있어요."

"뭐라고? 그게 확실한 거냐?"

아빠는 의심스럽다는 눈초리로 나를 쏘아봤다.

"아빠도 여기에서 찾을 만큼 찾아봤잖아요. 여기에 없으면 엄마가 미래로 가져갔다는 게 맞지 않겠어요? 엄마는 아빠가 의심하지 않을 곳에 그것을 숨겼을 거예요."

아빠는 잠시 뭔가를 생각하다가 나를 쳐다보았다.

"그럼, 너는 미래로 다시 돌아가 바이러스 합성식을 갖고 와라."

"아빠가 그렇게 말할 줄 알았어요. 한 가지만 약속해주세요. 제 친구들을 건드리지 않겠다고 약속해주세요."

"아빠를 너무 나쁜 사람으로 만들고 있구나. 아빠도 아빠 나름대로 원칙이라는 게 있다. 그건 걱정하지 말아라."

"미래로 가기 전에 친구들 한 번만 만나도 돼요? 타임슬립은 아빠도 알다시피 위험한 일이니까 혹시 못 돌아올지도 모르잖아요."

아빠는 망설이다가 고개를 끄덕였다.

"알았다. 예나야, 힘든 결정이라는 건 아빠도 알고 있다. 무사히 잘 다녀오너라."

"아빠, 내가 돌아오지 못하면 어떻게 하실 거예요? 아빠도 미래로 오실 거예요?"

"아니다. 여기서 그걸 만들어야지. 시간이 더 많이 걸리겠지만."

"아영아, 정찬아!"

아영이와 정찬이 나를 바라보았다.

아영이와 정찬이 자꾸 내 이름을 부르며 괜찮냐고 물었다. 눈물이 핑 돌았다. 친구들이 내 이름 부르는 소리를 자꾸 듣고 싶었다.

"나 미래에 갔다 와야 해. 가서 가져올 게 있어."

"예나야, 아빠가 우리를 미끼로 협박해서 미래로 가는 거 맞지?"

정찬이 주먹을 꽉 쥔 채 큰 소리로 물었다. 정찬은 누군가 건드리기만 하면 터져버릴 폭탄처럼 보였다.

"다시 돌아올 거야."

"우리 때문에 미래로 가는 거라면 가지 마. 아빠를 돕는 거는 바이러스를 퍼뜨리는 거 돕는 거잖아."

진실을 말할 수 없는 마음은 바다에 띄운 종이배처럼 흔들리다가 물에 젖어 찢어지는 것 같았다.

'아니, 나 미래로 가야 해. 너희들도 살리고 이 지구도 살릴 방법은 내가 바이러스를 미래에서 없애는 방법밖에 없어. 타임슬립은 위험한 일이니까 내가 다시 돌아오지 않는다고 해서 내가 아빠를 배신했다고 단정하지는 않을 거야. 얘들아, 이제 너희들을 못 보겠구나. 얘들아, 안녕.'

타임슬립 기계는 아빠가 머무는 방에 있었다. 아빠는 나를 미래로 보내는 것이 위험하다는 생각을 하고 있을까.

아빠의 얼굴을 쳐다보았지만, 아빠는 전화로 무엇인가에 대해 화를 내고 있었다.

"적당히 다 덮어버려. 그런 걸 전부 일일이 지시해야겠어!"

화를 내는 아빠는 무서웠다.

나는 타임슬립에 알맞은 생체의복을 입었다. 그것은 타임슬립할 때 몸이 부서지는 것을 막아주었다. 바이러스 합성식을 찾아내서 생체의복에 그걸 새기고 다시 과거로 돌아오는 게 아빠가 내게 부여한 임무였다. 내가 과거에서 들은 마지막 말은 스피커를 통해서 들은 아빠의 목소리였다.

"예나야, 꼭 돌아와야 한다."

아빠 목소리가 전혀 떨고 있지 않아서 내가 실망했나 하는 생각을 마지막으로 정신을 잃었다.

예나 백신의 탄생

2051년 그레이스 호

나는 엄마 꿈을 꾸었다. 엄마 얼굴은 보이지 않았지만, 달콤하고 부드러운 공기가 나를 감쌌다. 숨을 쉴수록 그건 가까워졌고 진해졌다.

엄마!

눈을 번쩍 떴다. 예전에 나를 타임슬립시켰던 이기우 부장님이 내 옆에 있었다.

"제가 다시 돌아왔나요?"

"그래, 반갑구나, 예나야."

"제, 팔, 다리 모두 무사하죠?"

나는 두 손과 두 발을 꼼지락거리며 말했다. 그런 나를 부장님이 미소를 지으며 쳐다보았다.

"아빠가 다시 저를 여기로 보냈어요."

"사령관님은 너를 많이 걱정해서 과거로 갔다. 너에게 그런 위험한 임무를 맡기는 게 아니라며 자책을 많이 했지."

"부장님, 타임슬립은 아무나 할 수 있는 게 아니잖아요? 저나 엄마처럼 특별한 유전자를 가진 사람만 된다고 했잖아요. 그런데 우리 아빠는……."

"사령관님도 특별한 유전자를 가진 게 몇 년 전에 밝혀졌어. 그전에는 검사 시 오류가 있었던 모양이다. 하지만 사령관이라는 위치 때문에 과거로 갈 수가 없었지."

나는 부장님이 아빠가 과거로 간 목적을 모르고 있다고 생각했다. 그러나 스웨터 안에 무엇이 있는지 확인하기 전까지는 아빠에 대해 아무에게도 말하지 않을 작정이었다. 나는 누굴 믿어야 할지 알 수가 없었다.

"하지만 결국 과거로 갔네요. 아빠는."

"그래, 자리를 부사령관에게 맡기고 갔단다. 지구의 미래가 바뀔지도 모른다면서 말이다. 말은 그렇게 했지만, 예나 너를 보호하려고 했던 거지. 사령관님이 너를 찾으러 과거로 간 건 아주 힘든 결단을 한 거란다."

미래가 바뀔지 모른다는 아빠 말은 진실이었다. 아빠는 그레이스 호의 미래가 바뀌지 않기를 바랐을 뿐.

부장님이 알고 있는 아빠와 내가 알고 있는 아빠가 같은 사람일까. 나는 전혀 다른 사람을 알고 있는 것 같았다.

"과거가 바뀌면 미래가 바뀌고 저나 부장님이나 미래에선 사라질지도 모르잖아요."

"우리는 우주의 한 점에 불과하단다. 하지만 내가 지금까지 살아온 것은 오로지 나만의 것이었어. 우주에서는 보이지도 않는 미세한 한 점이지만 특별한 한 점이었지. 그건 누가 대신해줄 수 있는 게 아니란다. 지구인들이 더 나은 환경에서 살 수 있다면 그걸로 만족한다."

부장님에게 아빠는 그걸 원하지 않는다고 말해주고 싶었다.

"어떤 사람들은 이런 미래가 더 훌륭한 미래라고 생각하지 않을까요?"

"무슨 말이니? 바다에 갇혀 사는 게 훌륭한 미래라는 거니?"

"지구를 지구인이 망쳤으니까 육지로부터 인간을 분리해서 육지가 자생능력을 키우고 생태계가 회복되면 다시 지구와 공존하는 삶을 이어가는 거요. 일시적으로 바다에 인간들을 감금하는 거죠."

부장님이 놀란 눈으로 나를 쳐다보았다.

"그런 생각을 누가 하지? 예나야, 네 생각은 아니지? 만약 그런 생각을 하는 사람이 있다면 그 사람은 정말로 인간에 대한 신뢰가 없는 사람이구나. 예전에 사람들이 지구를 망치고 있던 건 맞다. 하지만 점점 망치고 있는 지구를 살리자고 노력하는 사람들도 늘어나지 않았을까? 지구의 암 덩어리가 우리 인간이라서 암 덩어리를 몸에서 제거하듯이 인간을 바다에 가둬놓는다고? 대부분을 몰살시키면서? 아, 예나야, 그게 혹시 네 아빠 생각이니?"

나는 고개를 떨구었다.

"그렇구나. 사령관이 다 꾸민 짓이라니. 사령관이 과거에 지구에 바이러스를 퍼뜨린 주범이겠구나. 이제야 퍼즐이 맞춰지는 것 같다. 유전자 검사에 오류가 있어서 네 엄마가 과거로 타임슬립할 때 자신은 가지 못했고 사령관이 될 때 실시한 유전자 검사에서 타임슬립 유전자라는 게 밝혀졌다지만 그건 사실이 아니었어. 그게 모두 쇼였다니."

"네. 엄마가 과거로 갔을 때 아빠도 과거로 갔어요. 그 증거가 뭐 저인 거죠. 아빠가 정말 친아빠였어요. 엄마는 그때 아빠가 미래에서 왔다는 걸 몰랐던 것 같아요."

부장님은 한참 생각에 잠겼다가 말을 꺼냈다.

"타임슬립이 가능하게 돼서 엄마가 과거로 가니까 네 아빠는 불안했을 거다. 그래서 엄마 뒤를 따라 타임슬립했겠지. 생각보다 많은 사람이 사령관과 뜻을 같이하고 있는 모양이구나. 아마 그레이스 호 안에 사령관을 돕는 사람들이 있을 거다. 그리고 이번에 너를 보내고 나서 자기가 직접 과거로 타임슬립할 거였어. 딸을 지키러 가는 아빠라는 설정, 아주 자연스러우니까. 바로 그거야! 네 엄마가 과거로 타임슬립했을 때 엄마의 개입으로 뭔가가 달라졌고 사령관의 계획에 차질이 생겼다고 가정해보자. 사령관한테 풀리지 않는 뭔가가 있었을 지도……. 그렇구나! 자신이 만들어놓은 미래 세계가 뭔가 계획대로 움직여주지 않은 거지. 바이러스를 통제할 수 없었어. 육지에 바이러스 변종이 계속 생겨서 육지 상륙이 무산됐고 그레이스 호의 연료는 떨어져 가니 방법을 찾아야 했던 거야."

"이해가 안 돼요. 왜 아빠는 16년이나 기다린 거죠? 그 전에 일을 바로잡을 수도 있었을 텐데."

"그전에도 사령관은 몇 번이나 타임슬립했을 수 있어. 하지만 해결이 안 된 거겠지. 우리가 왜 예나 양의 타임슬립을 승인한 지 아니? 그레이스 호의 비축 연료는 오 년 치밖에 남지 않아서 지푸라기라도 잡는 심정이기도 했지만, 예나 양 엄마인 정주아 씨가 너무 준비를 잘해뒀다는 의심이 있었기 때문이었다. 마치 자신은 실패하고 미래에서 오는 누군가가 바이러스를 막을 수 있을 것처럼 말이다. 예나 양이 엄마의 흔적을 따라가면 뭔가 단서를 잡을지도 모른다는 희망이 있었단다. 예나야, 나에게 과거에서 있었던 일을 다 말해줄래?"

나는 부장님에게 얘기하기 시작했다. 부장님은 고개를 끄덕이며 들었고 아빠가 친구들을 미끼로 나를 미래로 돌려보냈다고 하자 화가 나는 듯 자신의 주먹을 불끈 쥐었다.

"예나야, 네가 정말 힘들었구나. 그 스웨터는 어디 있니?"

나는 내 방으로 가서 엄마가 준 스웨터를 가져왔다. 스웨터를 건네받고 유심히 보던 부장님은 스웨터를 갖고 나갔다.

"놀랍구나. 엄마는 스웨터 단추 안에 백신 합성식을 숨겨두었다. 아빠가 과거에서 못 찾도록 미래로 갖고 와 버린 거야."

"엄마가 숨긴 게 바이러스 합성식이 아니라 백신 합성식이라고요?"

나는 엄마가 왜 백신 합성식을 갖고 왔는지 알 수가 없었다. 백신 합성식이 있었으면 인류를 구할 수 있었는데 엄마가 갖고 와 버려서 사람들이 바이러스 유출에 죽은 것만 같았다.

"엄마가 왜 그랬을까요, 사람들을 살릴 수도 있었는데……."

"바이러스 유출 당시 지구에는 사일런스 바이러스 백신이 분명 없었다. 그건 미래에서 엄마가 가져갔다고 봐야지. 놀라운 건 엄마의 백신은 약한 바이러스를 몸에 집어넣어 면역력을 높이는 것이 아니었어. 한 바이러스에만 작용하는 것이 아니라 바이러스가 침투했을 때 신체 면역반응을 유도하는 단백질을 우리 몸의 세포에 가르치는 방식이지. 그러니까 우리 몸의 세포가 어떤 바이러스든 면역이 되게 하는 획기적인 것이었어. 예나야, 내가 추리하면 엄마는 과학자였으니까 이 백신에 대한 아이디어가 있었을 거다. 하지만 여기에선 바이러스 연구에 한계가 있으니까. 알잖니? 여기에서 그런 위험한 바이러스 연구는 허락이 되지 않는 거. 엄마는 과거로 가서 아마 연구소 실장과 접선하고 이 아이디어를 공유했을 거다. 하지만 완성 단계에서 일이 틀어지고 엄마는 미래로 다시 와야 했지. 엄마는 여기에서 백신 합성식을 완성했고 그걸 스웨터에 숨겨놓은 거다. 네가 찾을 거라 확신하면서. 이 백신이 있으면 사령관이 바이러스를 퍼뜨려도 면역이 생긴 사람들이 생길 테고 바이러스로 인해 인류가 멸망한다는 계획이 어그러지겠지."

나는 머리가 터질 것 같았다.

"제기 미리 알았으면 좋았을 텐데……. 아빠는 바이러스 합성식을 갖고 있다는 거네요. 이 백신이 없어도 바이러스는 퍼지고 이게 있으면 아빠는 더욱 마음 놓고 바이러스를 퍼뜨리겠네요."

나는 시무룩해졌다.

"그렇겠지. 이 백신을 사령관이 장악하면 바이러스 변종 걱정 없이 육지 상륙이 가능하게 됐으니 계획이 완벽해지는 거지. 사령관은 이 백신이 꼭 필요한 셈이다."

"하지만 제가 이걸 다시 과거로 갖고 가지 않으면 제 친구들이 위험해요."

부장님의 얼굴도 어두워졌다.

"백신을 갖고 간다 해도 친구들 목숨이 보장되지는 않을 것 같구나. 백신을 맞은 사람만 살아날 텐데 사령관이 친구들에게도 백신을 나눠줄지 모르겠구나."

"그래도 저는 돌아가야 해요. 제 친구들을 위해서요. 엄마가 숨겨놓은 게 바이러스 합성식이라 믿었을 땐 돌아가지 않을 작정이었어요. 인류 멸망을 제 손으로 돕고 싶지는 않았어요. 하지만 이게 백신 합성식이니까 돌아가면 어떻게든 방법이 있지 않을까요?"

부장님은 아무 말이 없다가 나를 바라보았다.

"가만있어 보자. 합성식을 생체의복에 써넣으라고 했다고?

네가 주도권을 잡을 방법이 있을 것 같구나. 내가 이 합성식으로 백신을 만들어서 너한테 접종할 거야. 그러면 네 자체가 백신이 되는 거지. 그러면 네가 주도권을 잡을 수 있어."

"내 몸이 백신이 된다고요?"

"네 혈액을 뽑아서 백신을 만들어야 하니까. 사령관은 당분간은 네 도움이 필요한 셈이지."

"그래도 바이러스는 퍼지겠네요. 과거에도 바이러스가 퍼지기 전에 생존자들은 이미 그레이스 호에 타고 있었다면서요?"

엄마는 내가 발견하길 바라면서 백신 합성식을 숨겼다. 내가 과거로 타임슬립했을 때 그걸 연구원들에게 전해 주길 바랐을까? 그렇게 해서 인류를 구하기를 바랐을까?

"제가 백신을 맞고 가고 합성식은 외우면 되지 않을까요? 그걸 마리 언니한테 전해서 아빠보다 먼저 마리 언니가 백신을 만들면 승산이 있어요. 그 백신을 마리 언니가 전 세계 연구원들과 공유하고요."

나는 자신 있게 말을 꺼냈다가 머리를 흔들었다.

공부라면 진저리치는 내가 그걸 외울 수 있을까? 원소 이름도 외우지 못하는 내가?

"아니에요. 나한테 그 복잡하고 어려운 걸 외우는 건 몇 년이 걸려도 안 될 텐데 며칠 안에 외운다는 건 불가능해요."

나는 거대한 벽 앞에 서 있는 것 같았다. 그 벽 뒤에는 백신 합성식이 쓰여 있지만, 나는 그 벽을 넘을 사다리도 의지도 없다.

"암기의 문제라면 내가 도와줄 수 있을 것 같구나."

부장님은 여러 가지 암기 방법들을 쉽고 자세하게 설명해 주었다. 그림, 사진처럼 떠올리는 방법도 있었고 기억의 궁전을 지어 방마다 연결하는 방법도 있었다. 무작정 외워야 한다는 부담이 줄어들었다.

나는 부장님에게 부탁해서 AI 추모 방의 엄마를 만났다. 아빠 없이 나 혼자 엄마를 만나는 건 처음이었다.

나는 엄마를 꽉 안았다. 일 년마다 안던 똑같은 촉감, 똑같은 엄마 냄새가 났다.

"엄마, 나 왔어."

"사랑하는 내 딸 예나, 그새 부쩍 컸네."

"엄마, 엄마가 스웨터 안에 백신 합성식 숨겼어?"

"백신 합성식이라니? 무슨 말인지 모르겠구나. 학교 공부하고 관계된 거니? 학교생활은 잘하고 있고? 친구는?"

"엄마가 스웨터 단추 안에 백신 합성식 숨겼어. 나는 다시

그걸 찾으러 미래로 왔고. 엄마는 내가 타임슬립에 적합한 유
전자여서 과거로 가게 될 걸 예상한 거야. 바이러스를 유출하
지 못하게 막아서 내가 그대로 육지에 머물기를 바란 거지?"

"사랑하는 내 딸, 엄마는 무슨 말인지 모르겠어. 백신 합성
식이 있었다면 엄마는 그걸 숨기지 않았을 거야. 바이러스 유
출이 돼도 백신 합성식이 있으면 인류는 멸망하지 않을 테니
까."

"아빠는 그 백신을 모든 인류를 위해 쓰는 게 아니라 자기
와 뜻을 같이하는 일부의 사람들에게만 쓰려 해서 엄마가 그
걸 미래로 가져와야 했던 거예요."

"사랑하는 내 딸, 예나야, 엄마가 모르는 엄마의 행동이 있
었다면 아마 그건 예나 너를 위해서였을 거야."

"알아요, 엄마."

어느새 나는 엄마의 말랑한 가슴 위에 눈물을 쏟고 있었다.

이기우 부장님과 부장님이 신뢰할 수 있는 사람들이 백신
을 맞았다. 임상시험으로 검증되지 않은 것이라 먼저 맞아보
았다고 했다. 아무 이상이 없자 나는 백신을 맞았고 접종 후
당분간은 휴식을 취해야 했다. 그리고 나는 합성식을 다 외웠
다. 처음에는 합성식이 무슨 외계어처럼 보였다.

화학식에서 동물이 연상된 나는 기억의 궁전에 동물들을 하나씩 순서대로 들여놓고 방 앞에 암호와 비밀번호를 걸었다. 암호와 비밀번호는 연결고리였다.

나는 열흘 만에 백신 합성식을 다 외웠다. 종이 몇 장에 백신 합성식을 그려놓고 부장님께 보여드렸다.

"감사해요. 제 친구들을 살릴 수 있겠어요. 그리고 인류도."

"정말 잘했다. 백신 이름은 어떻게 할까? 네 자체가 백신이 되기도 할 거니까, 네 이름을 따서 예나 백신 어떠니, 엄마도 그걸 원할 것 같은데?"

엄마는 내가 태어나기도 전에 내 이름을 예나라고 지어놓았다. 가슴이 뭉클해졌다.

예나 백신.

"좋아요!"

마리 언니를 만나 백신 합성식을 전달해야 한다. 아빠가 마리 언니를 만나게 해줄 것 같지 않지만 부딪쳐보기로 했다. 아빠는 자신과 동조자들에게 백신을 접종하겠지만 곧바로 바이러스를 유출하지는 못할 것이다. 어쨌든 백신이 작용하려면 시간이 필요했다. 아빠가 바이러스를 유출하기 전에 방법을 찾아야 한다.

나는 쏘냐를 만났다. 미래전략부에는 내가 사령관인 아빠의 부탁으로 백신 합성식을 찾으러 온 것으로 돼 있지만, 그레이스 호에서 공식적으로 나는 미지의 희귀 병중으로 아직 장기간 격리 중이었다. 그래서 쏘냐는 미래전략부에 심부름 온 줄 알았다가 나를 만나게 됐다.

쏘냐는 나를 보고 그렇지 않아도 큰 눈을 더 크게 뜨며 외쳤다.

"예나!"

쏘냐와 나는 부장님의 배려로 아무도 보는 사람이 없는 곳에서 얘기를 나눴다. 내가 타임슬립해서 과거로 갔다는 것과 내 몸이 백신이 됐고 이제 다시 과거로 돌아가야 한다는 걸 모두 들은 쏘냐는 놀란 눈을 크게 떴다.

"정말 힘들었겠다. 이 모든 걸 다 해냈다는 게 정말 대단해. 네 친구인 게 자랑스럽다. 비밀이니까 엄마에게도 말하지는 못하겠지만 말이야. 거기 학생들은 어때?"

"걔네들은 스마트폰이란 걸 갖고 다녀. 그걸로 검색도 하고 게임도 하고 동영상도 보고 그러는데 수업 시간 외에는 그걸 손에서 거의 놓지를 않아. 걸어가면서도 이 정도 크기의 화면에 머리를 박고 있어."

"그렇게 공부를 열심히 하는 거야? 걸어 다니면서도?"

"공부라기보다는 아무거나 거의 습관적으로 화면을 보는 것 같아."

나는 과거에서 잠깐만 스마트폰을 본다는 게 재밌는 동영상이 계속 올라와서 새벽까지 폰을 잡고 있었다는 얘기는 하지 않았다. 쏘냐는 나를 자랑스럽다고 하는데 알고리즘인가 뭔가가 나를 갖고 놀았다는 사실을 그대로 말할 순 없었다. 내가 직접 부딪쳐서 본 것과 설명으로 쏘냐가 들은 것 사이에는 차이가 컸다. 쏘냐는 내가 없는 사이에 어떤 일들이 있었는지 들려주었다.

"사이먼이 진실한 사랑을 찾았니 어쨌니 하면서 나에게 들이댔어. 그 바람둥이 말을 어떻게 믿어. 톡 쏘아주고 면박을 주면 자기에게 이렇게 대하는 여자가 처음이라나, 완전 제멋대로야. 그리고 체육 선생님은 민달팽이를 극복한다면서 민달팽이가 그려진 티셔츠를 직접 만들어서 입고 다녀."

미래가 바뀌면 쏘냐는 존재하게 될까? 세심한 쏘냐는 갑자기 내 표정이 우울해지는 의미를 아는 거 같았다.

"예나야, 나 프로스트의 「가지 않은 길」이라는 시 좋아해. 노란 숲속에 두 갈래로 길이 나 있었습니다. 두 길을 다 가보지 못하는 것을 안타깝게 생각하며, 오랫동안 서서 한쪽 길이 굽어 꺾여 내려간 곳으로 바라다볼 수 있는 데까지 바라다보았습니다. 나 있잖아, 갑판에 서서 육지 생활은 어떨까 상상하곤 했어. 예나 네가 성공해서 미래가 바뀌면 다른 쏘냐가 육지에서 생활할 수 있겠지. 그리고 예나가 나를 기억해줄 거잖아. 그리고 나도 항상 너를 기억할 거고."

백신 탈출 작전

2026년 제주

나는 전에 타임슬립했을 때 깨어났던 장소에서 다시 눈을 떴다. 전에 나타났던 할머니는 보이지 않고 아빠 부하가 나를 기다리고 있었다. 차를 타고 아영과 정찬이 붙잡혀 있는 집으로 가는 길에 전봇대마다 나와 아영이, 정찬을 찾는다는 전단이 붙어 있는 것을 보았다. 우리가 며칠 동안이나 집에 가지 못했으니 집에서는 우리를 찾느라고 경찰에 신고하고 전단지를 붙인 것 같았다.

할머니는 미래로 건너간 나를 얼마나 걱정하고 있을까. 마리 언니와 요한 아저씨는 무사할까.

아빠는 내가 손에 잡은 생체의복을 빼앗듯이 잡아챘다. 아빠는 생체의복을 뒤집어 샅샅이 훑다가 당황해 소리쳤다.

"이게 뭐냐? 아무것도 없잖아."

"아빠, 저보다 합성식 기다린 거겠죠? 그건 갖고 오지 않았어요. 아빠는 바이러스 합성식을 이미 갖고 있잖아요. 단지 백신 합성식이 없을 뿐이죠. 그게 없으면 바이러스를 퍼뜨릴 수 없으니까요. 미래에 육지 상륙을 하지 못해서."

"백신 합성식이 없으면 내가 바이러스를 퍼뜨리지 않을 거라고 순진하게 생각하다니. 시간에 차질이 생길 뿐이야. 약속대로 친구들은 무사하지 못하겠지만. 백신 합성식을 갖고 오지 않았을 때 각오는 했겠구나."

"이기우 부장님이 백신을 만들어서 제게 주사했어요."

"흠, 이 부장이 머리를 썼군. 원하는 게 뭐냐?"

"제 친구들에게 먼저 백신 접종해주세요. 그런 다음에 보내주고요."

"그럴 가치가 있었다고 생각하니? 친구들을 구하겠다고 그런 멍청한 짓을 하다니."

나는 아빠의 말에 눈물이 날 것 같았지만 꾹 참았다.

"그건 아빠가 생각하는 가치와 내 가치의 차이니까요. 누구나 아빠처럼 소중한 것들을 버리면서 지구를 구하겠다고 하지는 않아요. 자신에게 소중한 것을 지키지 못하는 사람은 아무것도 지킬 수 없어요."

"하하, 내 딸이 제법이구나. 알았다. 친구들에게 백신을 접종해주겠다만 배에 태워주지는 않을 거다."

"그것까지 기대하지는 않았어요. 저도 물론 배에 타지 않을 거고요."

"뭐라고? 나를 정말 나쁜 아빠로 만들 작정이구나."

"오래전에 아빠는 엄마와 나를 버린 거나 마찬가지예요."

아빠는 나를 노려보다가 방을 나갔다.

문이 벌컥 열리면서 아영과 정찬이 들어왔다. 아영은 나를 꽉 껴안았다.

"예나야, 정말 걱정했어. 그냥 미래에 다 놔두고 아예 돌아오지 말았으면 하고 생각도 했는데 네가 정말 보고 싶었어."

아영은 한참 있다 나를 풀어주고는 내 몸 구석구석을 살피며 말했다. 아영은 못 본 사이에 얼굴이 핼쑥했지만, 내 걱정을 더 많이 했다.

"예나야, 어디 아픈 데는 없지?"

정찬은 쑥스러운 듯 내 손을 잡았다가 얼른 놨다.

"응, 나는 미래에 있던 게 바이러스 합성식이 아니라 백신

이어서 돌아온 거야."

우리가 머무는 방에는 녹화 카메라가 있어서 우리의 모든 것을 보고 듣고 있었다. 내가 합성식을 외웠다는 걸 들키지 않기 위해서 나는 친구들에게 말을 아꼈다.

주사기를 든 아빠 부하가 들어와 아영이와 정찬에게 백신을 접종했다. 아영과 정찬은 처음에는 이상한 주사를 맞지 않겠다고 했지만 내가 백신이라고 설명하자 순순히 맞았다.

며칠 동안 우리는 같은 방에서 머물게 됐다. 아영과 정찬은 2차 백신까지 맞은 후에 집에 보내주기로 돼 있었다.

백신의 효과를 확인하고 아빠는 바이러스를 퍼뜨릴 준비 작업을 하고 있었다. 아빠가 사일런스 바이러스를 퍼뜨릴 순간이 멀지 않았다. 아빠는 과거에 초대장을 보내 사람들을 선별하고 그레이스 호에 태워 먼바다로 나간 후 바이러스를 퍼뜨렸다. 그러나 이번엔 백신이 있어서 백신 접종 후 사람들을 태울 계획인 것 같았다.

아영과 정찬이 집으로 돌아간다고 해도 바이러스가 퍼지면 사람들이 위험했다. 아영과 정찬만으로는 인류 다수가 죽는 걸 막을 방법이 없었다. 아영과 정찬이 여기서 나갈 때 백신 합성식을 가져갈 수 있어야만 했다. 그걸로 마리 언니가 백신을 만들어 연구소끼리 공유하면 전 세계 사람들이 백신을 맞을 수 있을 것이다.

나는 어떻게 하면 백신 합성식을 아영과 정찬의 편에 내보낼 수 있을까 궁리했다.

"우리 오목 두기 하자. 미래에선 스마트게임을 못 하니까 오목 두기를 많이 했어."

나는 인터폰을 눌러 바둑판과 바둑알을 줄 수 있는지 아빠 부하에게 물었다.

"안 돼."

"그럼, 바둑판 그려서 할 테니까 종이하고 펜 하나라도 주세요."

"정말 귀찮게 하네. 펜도 무기가 될 수 있으니까 안 돼."

"우리도 시간을 보낼 뭔가가 필요하잖아요. 펜이 안 되면 크레파스라도 주세요."

우리를 지키던 아빠 부하가 종이와 크레파스를 방에 넣어 줬다.

아영이와 정찬은 내가 심심해서 정말 오목 두기를 종이에 그리는 것으로 생각하는 것 같았다. 나는 종이 한 장에 바둑판을 그렸다.

"이렇게 가로, 세로, 대각선으로 바둑알 다섯 개를 이으면

이기는 거야."

가위, 바위, 보를 했다. 내가 이겼을 때 나는 바둑알 하나를 그린 후 재빨리 다른 종이에 '백신 합성식, 마리 언니'라고 적었다. 아영이와 정찬은 왜 내가 뜬금없이 오목 두기를 하자고 했는지 이해했다. 우리는 즐겁게 오목을 두는 연기를 했다.

"규칙 좀 외워라. 그렇게 못 하냐."

"오목인지 뭔지 처음이란 말이야."

"그까짓 거 껌 씹기야."

"또 바둑판 그린다."

'또 바둑판 그린다'가 백신 합성식 쓴다는 암호였다. 화장실 다녀올 때 합성식으로 다 채워진 종이는 잘게 찢어 변기에 버려서 물을 내렸다. 종이 개수까지 세는 세심한 감시가 있을까 봐 놀이를 쉬고 있을 때 정찬은 종이에 만화를 그려서 구기기도 하고 종이를 잘게잘게 찢기도 했다.

오목 놀이를 핑계로 게임은 계속되어 종이가 여러 장 오목판으로 덮였다. 부하는 종이를 더 달라고 하자 쓴 종이를 수거해갔다. 오목 놀이 했던 것과 정찬의 만화 외에 아무것도 없자 부하는 의심하지 않았다. 그는 종이를 구기거나 찢어놓은 정찬을 한번 쏘아보기는 했다.

몇 번의 오목 놀이 끝에 정찬이 합성식을 정확하게 외웠다.

정찬이 가끔 엉뚱하게 전문적인 얘기를 하고 자신을 천재라 했던 게 빈말이 아니었다.

정찬과 아영은 2차 백신까지 맞자 약속대로 풀려나게 됐다.
"너희들은 여기에서 있었던 일을 입도 뻥긋해선 안 된다. 그러면 너희를 위해서 미래에 갔다온 예나의 목숨뿐만 아니라 모두의 목숨이 위험해지니까. 바이러스를 막을 방법은 없다. 바이러스가 퍼져도 너희들은 살 수 있겠지. 이건 예나의 선물이라 생각하고 조용히 찌그러져 있거라. 행운을 빈다."
아빠는 조용히 찌그러져 있으라는 말과 행운을 빈다는 말 사이의 큰 격차를 무시하는 것 같았다.
"우리가 깡통인가, 찌그러져 있게."
정찬이 아빠의 말을 비웃었다.
"예나야, 조금만 기다려."
아영은 나를 안으며 속삭였다. 나는 친구들을 보내기 싫었지만 보내야만 했다. 무사히 마리 언니를 만나고 백신 합성식을 전해서 바이러스가 퍼지기 전에 사람들이 백신 접종을 할 수 있어야 했다.

지구의 미래

아빠가 화난 얼굴로 방으로 들어오자 나는 아영과 정찬이 백신 합성식을 마리 언니에게 잘 건넨 것이 확실하다고 생각했다.

"예나! 어떻게 백신 합성식을 빼돌렸지? 분명 친구들은 아무것도 가지고 나가지 않았는데. 너희들이 있을 때 수상한 것도 없었고."

"내가 미래에서 백신 합성식을 외우고 온 것과 같은 방법으로요. 오목 두기를 아주 여러 번 해야 했지만요."

"예나 네가 정말 그 백신 합성식을 외웠다고? 원소기호도 하나 못 외우던 네가? 장하다는 칭찬은 물론 기대하지 않겠지? 내가 친구들을 살려줄 것 같니?"

"아빠, 아빠가 하려던 계획은 실패했어요. 아빠 인생까지 실패로 만들지 마세요. 딸 친구들 죽이는 것이 아빠가 하려던 일은 아니었잖아요."

"너는 네가 똑똑한 줄 알지만 네가 지구를 망친 거다. 이제 인간들은 더 지구를 황폐하게 만들 테고 자연 역습으로 지구는 망하고 말 거다. 나는 지구를 살리고 싶었다. 시간이 걸리더라도 자연이 스스로 회복할 시간을 주고 싶었다. 인간은 지구에서 암 덩어리에 불과하니까."

"점점 더 많은 사람이 환경을 생각하고 실천해 나갈 거에요. 아빠는 왜 사람들을 믿지 않으세요?"

아빠의 얼굴이 어두워졌다.

"자본과 거기에서 파생되는 권력에 대해 알아버렸기 때문이지. 돈이 있는 사람들은 밀렵이 금지됐는데도 코끼리와 사자 사냥을 하고 사진을 찍어서 자기네 부류와 교환했지. 밀림을 쓸어 없애는 데는 채 일 년도 걸리지 않았다. 인간이 사라져야만 지구 환경은 회복할 수 있다는 걸 알아버린 거다……. 예나야, 이게 끝이 아니다. 언젠가는 지금의 슈퍼 백신으로도 막을 수 없는 바이러스가 분명 다시 나타날 거다. 그때는 아무도 막지 못한다."

"무슨 말씀이에요. 바이러스가 또 있다는 말이에요?"

"사일런스 바이러스의 원조격인 아이스 바이러스는 빙하

가 녹으면서 드러나게 된 바이러스였다. 온난화가 원인이었던 셈이지. 인류는 숲을 파괴하고 서식지를 잃은 동물들이 주택지로 내려와 온갖 바이러스와 합해져 언젠가는 인간이 막을 수 없는 바이러스가 탄생할 거란 얘기다. 그때는 준비도 할 수 없지. 손쓸 새도 없이 인간들이 사라질 테니까. 그때는 정말 인간의 씨가 마르는 거다. 예나야, 너는 네가 큰일을 해냈다고 생각하겠지만 넌 큰일을 낸 거다."

아빠 말을 듣자 마음이 흔들렸지만 이내 고개를 흔들었다.

"아니에요. 어떤 바이러스에도 작용할 백신이 만들어졌고 더 계발될 테고 환경이 파괴되도록 우리가 가만두지 않으면 돼요. 방법이 있어요. 아빠는 그걸 믿지 않고 있는 거고요."

"방법이라고? 나도 그걸 믿었다. 그러나 추악한 자본은 증식에 증식을 거듭하고 인간이 거기서 헤어나올 수 없다는 결론을 내린 거다."

아빠와 나는 같은 얘기를 계속 반복하고 있었다. 자기의 신념을 재확인하는 것뿐이었다. 나는 아빠의 믿음이 전혀 흔들리지 않는 것이 슬펐다.

"이제 어떡하실 거예요? 미래로 돌아가실 건가요?"

"미래는 바뀔 거다. 바이러스 백신이 전 세계로 전달돼서 이미 접종이 시작되고 있으니까. 나는 돌아갈 미래가 없다."

문이 벌컥 열리면서 요한 아저씨와 정찬이 뛰어 들어왔다.

"예나야!"

정찬이 소리쳤다. 요한 아저씨가 재빨리 아빠를 제압했다. 정찬은 내가 무사한 걸 보고 꽉 껴안았다가 내가 '숨 막혀'라며 몸을 비틀자 쑥스러워하며 물러섰다.

"미안, 너무 기뻐서 그만."

요한 아저씨는 뒤따라온 다른 요원에게 아빠를 인계했다. 요한 아저씨가 나에게 다가와 손을 내밀었다.

"예나야, 네가 큰일을 해냈다. 네 아빠는 조사를 받아야 할 텐데 괜찮겠니?"

나는 아빠를 쳐다보았다.

"네…… 아빠, 그래도 저는 아빠를 사랑해요."

아빠는 나를 한번 쳐다보았다. 아빠는 그대로 곧 밖으로 끌려나갔다.

"예나야, 너를 이용하려고 미래로 보낸 사람이잖아. 아빠지만 너무한 거 아니야?"

정찬이 아빠가 나간 문을 쏘아보았다.

"나는 아빠가 내가 걱정돼서 과거로 왔다고 믿고 싶어. 나를 처음 봤을 때 아빠 눈빛이 안도하는 눈빛이었거든."

"난 모르겠다. 네가 좋을 대로 생각해라. 너 걱정한 사람들이 많으니까 일단 전화부터 하고."

정찬은 어깨를 으쓱하더니 어디론가 전화했다.

할머니와 마리 언니가 들어왔다. 그 사이에 할머니 주름살
은 더 늘어났고 살도 빠졌는지 몸이 더 쪼그라들었다.

"예나야, 이리 무사한 거 봤으니 여한이 없다."

할머니가 아기처럼 울자 나도 눈물이 났다.

"예나야, 너 정말 잘했어. 네가 준 백신 합성식으로 백신을
만들어서 전 세계가 공유하고 접종이 이뤄졌단다. 네가 지구
를 구했어."

마리 언니는 나를 보면서 엄지를 척 들어 올렸다.

조금 있자 아영이 들어왔다. 아영은 그대로 나에게 돌진하
여 나를 꽉 안았다.

"너무 걱정했어. 무사해서 다행이야."

우리 둘이 서로 꽉 껴안고 떨어질 줄 모르자 정찬의 볼멘소
리가 들려왔다.

"예나, 나는 안자마자 숨 막힌다고 떨어지라고 해놓곤."

아영이 손을 풀며 정찬의 등을 때렸다.

"뭐? 네가 예나를 안았다고? 애가 미쳤나. 이게 예나에게
흑심이 있는 거 아니야?"

"뭐, 흑심, 흑심이 아니고 그 뭐시냐, 남사친과 여사친? 우린 그러니까….."

"그러니까, 뭐?"

"그러니까….."

빨개지는 정찬의 얼굴에 모두 웃음을 터뜨렸다.

나는 이렇게 맘 놓고 웃는 게 얼마 만일까 생각하며 이런 사소한 일들이 사소하지 않았다는 것에 놀라고 있었다. 그러다 문득 깨달았다.

잠깐, 왜 내가 여기 그대로 있지? 미래가 바뀌지 않았나?

지구 환경이 계속 파괴된다면 사일런스 바이러스가 아니더라도 지금의 백신으로도 막을 수 없는 또 다른 바이러스로 지구의 종말이 예견된다던 아빠의 말이 뇌리를 스쳐 갔다.

"이제부터 방법을 찾아야지."

혼잣말인 듯 혼잣말이 아닌 내 말에 아영과 정찬이 웃으며 고개를 끄덕였다.

미래 소녀
예나

2024년 12월 15일 초판 1쇄 발행

지은이　박미윤
펴낸이　김영훈
편집장　김지희
디자인　김영훈
편집부　이은아, 부건영
펴낸곳　한그루
　　　　출판등록 제651000251002008000003호
　　　　제주특별자치도 제주시 복지로1길 21
　　　　전화 064 723 7580　전송 064 753 7580
　　　　전자우편 onetreebook@daum.net　누리방 onetreebook.com

ISBN 979-11-6867-201-7 (43810)

이 책은 제주특별자치도와 제주문화예술재단의
2024년도 제주문화예술지원사업 후원을 받아 발간되었습니다.

값 14,000원